조돈형 新무협 판타지 소설
FANTASTIC ORIENTAL HEROES

장강삼협 11

조돈형 新무협 판타지 소설

초판 1쇄 찍은 날 § 2013년 7월 25일
초판 1쇄 펴낸 날 § 2013년 7월 31일

지은이 § 조돈형
펴낸이 § 서경석

편집부장 § 권태완
편집책임 § 박은정

펴낸곳 § 도서출판 청어람
등록번호 § 제1081-1-89호
등록일자 § 1999. 5. 31
어람번호 § 제2-2371호

주소 § 경기도 부천시 원미구 심곡2동 163-2 서경B/D 3F (우) 420-822
전화 § 032-656-4452 팩스 § 032-656-4453
http://www.chungeoram.com
E-mail § chungeorambook@daum.net

ISBN 978-89-251-3394-2 04810
ISBN 978-89-251-2574-9 (세트)

장강삼협

長江三峽

조돈형 新무협 판타지 소설

[2부] 11

FANTASTIC ORIENTAL HEROES

도서출판 청람

目次

제15장 운무잠룡대진(雲霧潛龍大陣) 7
제16장 시산혈해(屍山血海) 53
제17장 천라지망(天羅地網) 111
제18장 혈강신(血强神) 159
제19장 불사완구(不死玩具) 195
제20장 초청(招請) 227
제21장 개파대전(開派大典) 267

第十五章
운무잠룡대진(雲霧潛龍大陣)

"운무잠룡대진 같습니다."

팽윤(彭允)의 한마디는 극도의 혼란에 빠졌던 팽도언의 정신을 번쩍 들게 만들었다.

"운무… 잠룡대진이라. 확실한 것이냐?"

"제 배움이 틀리지 않는다면 틀림없습니다."

확신에 찬 말에 팽도언의 얼굴에 화색이 돌았다.

"하면 파훼법도 알겠구나?"

"예."

담담히 고개를 끄덕이는 팽윤의 대답에 곳곳에서 안도의

한숨, 탄식이 터져 나왔다.

딱 한 사람을 제외하곤.

'그런 표정은 대체 뭡니까, 숙부?'

팽윤은 팽도언의 곁에서 떫은 감을 씹는 듯한 표정을 짓는 팽혼(彭渾)을 보며 지그시 주먹을 쥐었다.

'세가 식솔들의 목숨이 위태로움에도 제가 활약하는 것이 그리 싫은 것입니까?'

기가 막힐 일이었다.

팽윤은 자신을 잡아먹을 듯 노려보는 팽혼의 눈빛에 더할 수 없는 분노가 치밀어 올랐다.

하북팽가는 현재 후계자 문제로 큰 혼란을 겪고 있었다.

뛰어난 무공과 호방한 인품을 바탕으로 역대 가중 중 손꼽힐 정도로 탁월한 능력을 보여준 현 가주 팽도언은 슬하에 두 아들을 두었다.

무가의 후손과는 어울리지 않는 다소 유약한 학자풍의 팽가진(彭加進)과 전형적인 무가의 아들로 어렸을 적부터 이미 뛰어난 무재(武才)로 인정을 받은 팽혼 형제.

과거를 돌이켜보면 비록 장자보다 뛰어난 형제들이 많았어도 장자승계를 우선으로 하는 가문의 원칙과 이를 지지하는 원로들로 인해 전통은 변하지 않았고 지금껏 큰 잡음 없이 후계문제가 정리되었다.

그런 전통을 알기에 다들 팽가진이 하북팽가의 후계자가 되리라 믿어 의심치 않았다.

그런데 이번은 달랐다.

평범한 팽가진에 비해 팽혼의 능력이 너무도 출중했다. 단순히 조금 차이가 나는 것이 아니라 비교 자체가 되지 않을 정도로 모든 면에서 차이가 극명했다.

언제부터인지 가문의 미래라 할 수 있는 젊은이들 사이에서 팽가진에 대한 불만이 터져 나왔다. 심지어 몇몇 원로까지도 심각한 우려를 표명하며 은근히 팽혼을 지지하는 이들이 있을 정도였다.

식솔들의 반발과 약육강식의 무림에서 팽가진이 과연 세가를 잘 이끌지 고심에 고심을 거듭하던 팽도언은 은퇴할 때를 놓치다 뒤늦게 팽가진을 하북팽가의 정식 후계자로 선언을 하였다.

팽가진이 팽혼에 비해 손색이 있다는 것을 알면서도 장자의 승계를 당연시하던 세가의 원로들은 대체적으로 인정을 하는 분위기였지만 팽혼을 지지하던 젊은 무인들에게서 상당한 불만이 쏟아져 나왔다.

하지만 불만은 불만으로 끝났을 뿐 그들 역시 팽도언의 결정을 따를 수밖에 없었다.

노 가주의 권위도 권위였지만 팽혼에 비해 모든 면에서 부족했던 팽가진이 유일하게 앞선다고 자신 있게 말할 수 있는 단 한 가지. 장손 팽염(彭焰)의 존재 때문이었다.

팽혼이 무재라 불리었다면 팽염은 어린 나이에 이미 천재라는 소리를 들으며 세가의 모든 기대를 한 몸에 받고 있었다. 그리고 그는 나이 이십도 되기 전에 세가의 모든 무공을 습득하며 기대에 부응했다.

그런 팽염의 존재로 인해 팽가진을 반대했던, 심지어 가주의 자리에 내심 욕심을 냈던 팽혼마저 어쩔 수 없이 물러나고 말았다.

그렇게 일단락되는가 싶었던 후계문제는 폐관수련을 하던 팽염이 예기치 못한 주화입마로 폐인이 되면서 다시 불거졌다.

항간에 팽염의 주화입마에는 권좌를 넘본 팽혼의 은밀한 암계가 영향을 미쳤다는 소문이 돌았으나 자신의 주화입마가 외부의 그 어떤 자극이나 암계 때문이 아닌 스스로의 문제 때문이었다는 팽염의 증언으로 팽혼에 대한 소문은 사실이 아니라고 판명되었다.

물론 모든 이가 그것을 믿는 것은 아니었다.

그 대표적인 사람이 바로 팽염의 동생 팽윤이었다.

형과는 달리 무보다는 문에 뛰어난 재능을 지녔던 팽윤은 어려서부터 장차 팽가를 이끌고 무림을 질타한 형의 뒤에서 이를 뒷받침하는 군사가 되겠다는 꿈을 지니고 있었다.

꿈을 이루기 위해 부친은 물론이고 조부의 반대에도 기어이 와룡숙에 입학을 했고 밤잠을 아껴가며 열심히 노력한 덕에 와룡숙에서도 두각을 나타낸 팽윤.

그런 팽윤에게 그야말로 청천벽력과도 같은 소식이 들려온 것은 그가 와룡숙의 모든 수업을 수료하던 때와 시기를 같이했다.

다급히 가문으로 돌아온 팽윤은 늘 당당하고 영웅의 풍모를 지녔던 팽염이 지팡이에 의지해 겨우 몸을 가누고 힘겹게 하루하루를 버티고 있는 것을 보며 피눈물을 흘렸다.

팽윤은 이 모든 일의 원흉이 바로 숙부 팽혼이라 확신했다.

팽염이 숙부가 한 일이 아니라고 몇 번을 설명해 주었지만 팽윤은 가문의 분열을 막기 위해 형이 어쩔 수 없이 입을 다물었다고 생각했다.

이후, 팽윤은 다시금 가주 자리를 노리는 팽혼을 견제하며 부친의 자리를 공고히 하기 위해 필사적으로 노력했고 이번 사사천교 원정길에 굳이 따라나선 것도 바로 그런 이유였다.

그리고 바로 지금, 절체절명의 위기에 빠진 팽가를 구해낼 기회가 온 것이다.

'결정은 틀리지 않았다.'

팽윤은 식솔들의 반응을 보면서, 특히 대견해하는 팽도언의 얼굴을 확인하곤 학성촌에 펼쳐진 진법을 눈치채고서도 입을 다물고 있었던 자신의 선택이 틀리지 않았음을 확신했다.

학성촌을 처음 본 팽윤은 마을 전체를 아우르는 풍경에서 어딘지 모르게 이질적인 느낌을 받았다.

잘 벼려진 무인의 본능으로 위협을 느낀 유대웅과는 달리 와룡숙의 운대 선생으로부터 직접 기관진식을 배운 팽윤은 학성촌 전체에 진법이 설치되어 있음을 일찌감치 간파했다.

그 진법이 운무잠룡대진이라는 것은 학성촌에 진입했을 때 어느 정도 눈치를 챘고, 진이 발동되었을 때 확신했다.

"그런데 진법치고는 어째 조금 이상하구나. 시야가 차단되기는 하였다만 아직까지 큰 위험은 없는 것 같기도 하고 말이다."

팽윤의 존재로 한결 여유를 찾은 팽도언이 연기로 뒤덮인 학성촌을 둘러보며 말했다.

"운무잠룡대진의 특징 중 하나입니다."

"특징?"

"예, 마을의 지형지물을 이용하여 펼쳐지는 운무잠룡대진은 진법 자체의 위력은 살상에 특화된 여러 진법과는 조금 차이가 있습니다."

"하면 별 의미가 없는 것 아니더냐?"

팽도언이 이해가 가지 않는다는 표정으로 되물었다.

"대신 모든 것을 가둘 수 있습니다."

"가둔다? 그건 또 무슨 소리더냐?"

"운무잠룡대진의 가장 큰 특징은 환상(幻想)과 환영(幻影)을 통한 미로입니다. 한번 갇히면 영원히 빠져나올 수 없는 미로. 보시면 아시겠지만 학성촌을 덮고 있는 연기 또한 진법에 사로잡혀 사라지지 못하고 있습니다."

팽윤의 말에 다들 고개를 돌려 주변을 완전히 잠식하고 있는 뿌연 연기를 바라보았다. 과연 팽윤의 말대로 흩어지지 않고 안개처럼 허공에 머물고 있었다.

"파훼법은 무엇이냐?"

"진법을 구성하는 핵심을 찾아 부수면 됩니다."

팽윤이 간단히 대답했다.

팽혼이 슬그머니 나서서 물었다.

"핵심이라면 불길이냐? 운무 어쩌고 하는 진법이 놈들의 불화살로 시작된 것을 보면 저 불이 꺼지면 진법도 풀리겠구나."

팽윤이 가소로운 마음을 애써 숨기며 대답했다.

"불은 진법을 움직이기 위한 단순한 신호에 불과합니다. 덧붙여서 이 연기를 만들어 내기 위함이기도 하지요. 연기는 진에 갇혀 환영에 시달리는 이들의 시야를 가리고 더욱 혼란케 하는 훌륭한 역할을 하게 될 것입니다."

"불이 꺼진다고 진법이 깨지는 것이 아니란 말이냐?"

"그렇습니다, 숙부님. 설마하니 놈들이 그런 간단한 진법을 준비했겠습니까? 별다른 위험이 없어 보여도 운무잠룡대진은 생각보다 위험한 진법입니다. 환상과 환영에 속아 미로를 헤맨다고 생각해 보십시오. 그야말로 피를 말리게 됩니다. 그것도 부족해 주변 모두가 연기로 뒤덮였습니다. 더욱 위험해질 겁니다."

"네 말이 맞다. 벌써 시작된 모양이구나."

팽도언이 고개를 돌리는 것과 동시에 연기로 뒤덮인 좌측에서 처절한 외침이 터져 나왔다. 곧 잠잠해지기는 했으나 모골이 송연해질 만큼 섬뜩한 비명 소리였다.

"한 가지 더 말씀드리자면 가장 큰 위협은 환상이 아닐 겁니다."

팽윤의 말에 팽도언이 천천히 고개를 끄덕였다.

"짐작했다. 사사천교 놈들이겠지. 혼란과 두려움에 빠진 우리를 두고 보지만은 않을 것이니."

"그렇습니다. 아마도 저들은 이런 상황에서 충분히 훈련을 해왔을 겁니다. 더불어 미로를 헤매지 않을 정도로 모든 길을 꿰뚫고 있겠지요."

"어찌 대응해야 하느냐?"

"일단 이곳에서 진을 치고 움직이지 말아야 합니다. 저들이 진법으로 우리를 가뒀다면 우리 또한 진을 치고 저들을 배척하면 됩니다. 절대로 흩어지면 안 됩니다. 그 순간 기회를 노리는 적들에게 각개격파를 당할 테니까요. 길을 잃고 헤매는 순간에 공격을 당하면 속수무책으로 당할 수밖에 없습니다."

"아무것도 해보지 못하고 당하란 말이냐?"

괭혼의 말에 괭윤이 날카롭게 대꾸했다.

"잊으셨습니까? 제가 진의 파훼법을 알고 있다고 했습니다. 적의 공격에 버티고 있는 동안 제가 진을 무너뜨릴 것입니다."

괭윤이 정색을 하자 괭혼이 슬며시 꼬리를 내렸다.

"어찌 말이냐?"

"어떠한 진법도 저절로 만들어지는 법은 없습니다. 반드시 진을 구축하는 핵심이 있습니다. 그것을 찾아 부수면 됩니다. 대신 부탁드릴 말씀이 있습니다, 할아버님."

"무엇이냐? 말해보거라."

"진법을 구축하는 핵심을 찾아 파괴하는 동안 적의 공격에서 소손을 보호해 줄 사람이 필요합니다."

"걱정하지 말거라. 너는 이 할애비가 손가락 하나 다치지 않게 보호해 줄 터이니."

팽언도가 직접 움직여 팽윤을 보호한다는 소리에 팽혼이 깜짝 놀라 소리쳤다.

"제가 가겠습니다, 아버님."

팽만도 나섰다.

"풍뢰진천대가 윤을 보호하겠습니다."

"되었다. 너희는 이곳을 지켜라. 내가 윤과 가도록 하겠다."

"저희가 따르겠습니다."

팽만의 말에 팽도언이 고개를 저으려 하자 팽윤이 끼어들었다.

"그게 좋을 것 같습니다, 할아버님. 저들이 바보가 아닌 이상 충분한 방비를 해두었을 겁니다. 어떤 위험이, 얼마나 많은 적이 우리를 기다리고 있는지 모르는 상황입니다."

"하지만 풍뢰진천대가 빠지면 이곳이 너무 위험해."

"걱정하지 마십시오. 제가 그 위험을 조금이나마 제거하도록 하겠습니다."

팽도언이 만류할 사이도 없이 움직인 팽윤이 어느 순간 허리에 차고 있던 검을 꺼내 땅바닥에 꽂았다.

"검이 좀 더 필요합니다."

팽도언의 눈짓에 몇몇 식솔이 검을 뽑아 들고 신중히 걸음을 옮기는 팽윤의 뒤를 쫓았다.

팽윤은 더없이 진지하고 침착한 자세로 주변을 살피며 하나씩 검을 꽂기 시작했다.

하나, 둘, 셋.

도합 여덟 개의 검을 꽂은 팽윤이 처음의 자리로 돌아왔다. 그리곤 마지막 남은 검을 꺼내들었다.

"여기가 중심입니다."

마지막 검을 힘차게 내리꽂는 팽윤.

땅속 깊숙이 검이 꽂힘과 동시에 서늘한 기운이 주변을 휘감았다. 그토록 맹렬한 기세로 주변을 잠식하던 연기가 거짓말처럼 사라졌다.

"이, 이것이……."

팽도언은 팽윤이 꽂아 넣은 검의 안쪽으론 연기가 침입하지 못하는 것을 보곤 입을 쩍 벌렸다. 마치 태풍의 눈처럼 그들이 있는 곳은 고요하기만 했다.

"너무 놀라지 마십시오. 그저 간단히 결계(結界)를 만들어본 것입니다."

"네가 결계를 만들었다는 것은 안다. 이 할애비 역시 이런저런 잡학에 대해선 공부를 했으니 말이다. 한데 아무리 그래도 이렇게 순식간에 결계를 칠 수 있다는 것은……."

"저를 가르쳐 주신 운대 선생께선 돌멩이 몇 개로 하늘을 나는 새를 가두시는 분입니다. 쉽다고는 말씀드리지 못하지만 이 정도 결계를 만드는 것은 그리 어려운 일은 아닙니다."

"하면 이곳에 있으면 안전하단 말이냐?"

팽혼이 물었다.

"일단 운무잠룡대진이 일으키는 환상과 환영, 특히 주변을 뒤덮은 연기의 영향에선 자유로울 것입니다. 다만 외부의 공격까지 막아주지는 못합니다."

"그렇구나."

"참고로 제가 땅에 꽂은 검은 반드시 지키셔야 합니다. 검이 뽑히면 결계 또한 무너집니다."

"그건 걱정하지 마라. 설사 뽑혔다고 해도 다시 검을 꽂아넣으면 되지 않겠느냐?"

팽혼의 말에 팽윤이 정색을 하며 말했다.

"그렇게 간단하게 생각하시면 안 됩니다. 설사 검이 한두 개 뽑힌다고 하더라도 결계가 완전히 무너지지 않도록 조치는 취해 두었습니다. 뭐, 한쪽 담벼락이 무너지듯 어느 정도 구멍이 뚫리는 것은 감수해야겠지만요. 하지만 다시 결계를 만든답시고 검을 꽂는 행동을 하다간 결계가 그대로 무너지는 수가 있습니다."

"어째서 그게……."

팽혼이 질문을 하려고 하였지만 팽윤은 신경질적으로 고

개를 흔들며 말을 끊었다.

"저는 분명 경고했습니다. 그런 시도 자체를 하지 마시라고요. 가시죠, 할아버님. 시간이 없습니다."

"그러자꾸나."

고개를 끄덕인 팽언도가 입술을 질겅거리며 애써 화를 참고 있는 팽혼을 바라보며 팽윤의 말을 잊지 말라는 눈빛을 보냈다.

바로 그때였다.

꽝!

좌측에서 거대한 폭발음과 함께 묵직한 진동이 밀려왔다.

그것이 시작이었다.

꽝! 꽝!

학성촌 곳곳에서 폭발음이 들리기 시작했다.

팽도언의 낯빛이 굳어졌다.

"서둘러야 할 것 같구나."

"예, 할아버님."

대답과 함께 팽윤이 짙은 연기 속으로 성큼 성큼 걸음을 내딛었다.

운무잠룡대진의 원리를 알고 있기에 행보에 거칠 것은 없었지만 그래도 전신에 밀려오는 긴장감까지는 어찌하지 못하는지 그의 이마엔 벌써부터 굵은 땀방울이 맺히기 시작했다.

"집중해라! 놈들의 공격이 다시 시작될 것이다."

필사적으로 대원들을 독려하고 있던 금검단주 용철환(龍鐵環)의 얼굴은 은은한 공포로 물들어 있었다.

진법에 갇히고 적의 공격이 시작된 지 고작 일각.

그 짧은 시간에 사 할에 가까운 전력을 잃고 말았다.

상대의 실력이 뛰어났다면 분하기는 해도 억울하지는 않을 것이다. 아니, 제대로 싸움이라도 해봤다면 이토록 참담하지는 않을 것이다.

목숨을 잃은 대다수는 제대로 싸움도 해보지 못한 채 적의 암수에 속수무책으로 당하고 말았다.

"더러운 놈들! 화탄이라니!"

용철환이 움푹 파진 구덩이를 보며 이를 북북 갈았다.

그랬다.

진법이 발동을 하고 학성촌 전체가 연기로 뒤덮어 버린 직후, 사사천교는 진법에 갇힌 금검단을 향해 대대적인 공격을 가했는데 그 방법이 참으로 잔혹했다.

처음 몰려오는 적을 쓰러뜨릴 때만 해도 금검단은 한결 여유가 있었다. 비록 진법에 갇히고 연기로 인해 온전히 주변을 살필 수는 없었어도 공격을 해오는 적의 수준이 생각보다 너무 떨어졌기 때문이었다.

적들이 몽몽환을 복용한 일반인이라는 것을 뒤늦게 알았지만 변할 것은 없었다.

그들이 사사천교를 추종하는 광신도라는 것은 틀림없는 사실이었고 사사천교를 무너뜨리기 위한 장애물이라는 것도 엄연한 사실이었다.

문제는 첫 번째와 두 번째 공격을 손쉽게 막아낸 다음에 벌어졌다.

세 번째 공격이 시작되고 금검단이 또다시 그들을 유린할 때 난데없는 폭발이 일어났다.

사방에서 엄청난 폭음과 함께 맹렬히 공격을 가하던 금검단원들이 폭발에 휘말려 갈가리 찢겨져 나갔다.

재빨리 후퇴를 한 금검단은 심지에 불이 붙은 화탄을 들고 달려드는 광신도들을 보며 기겁하지 않을 수가 없었다.

공격을 하자니 함께 폭사를 할 것이 분명했고 도망을 치자니 진법에 갇힌 상황인지라 그마저도 여의치가 않았다.

결국 관지림을 비롯한 금검단의 노사들이 무수한 검기를 뿌려대며 그들을 격살한 덕에 최소한의 피해로 막을 수는 있었지만 이미 막대한 피해를 입고 말았다.

단 세 번의 공격으로 인해 금검단 전력의 사 할이 사라지고 만 것이다.

"또 온다!"

적의 자살 공격에 한쪽 팔을 잃고 겨우 목숨을 건진 대원 하나가 두려운 눈빛으로 소리쳤다.

"집중해라! 놈들을 접근시키면 안 된다."

용철환이 검을 치켜세우며 소리쳤다.

그것이 그리 간단하지 않다는 것은 모두가 알고 있었다.

게다가 벌 떼처럼 달려드는 적들 사이사이에 진짜 실력자도 섞여 있어 화탄에만 신경을 쓸 수가 없었다.

연기 속에 은밀히 섞여 있는 미혼향도 서서히 위력을 발휘하기 시작했다.

미혼향의 영향으로 운무잠룡대진이 일으킨 환상과 환영은 더욱 거세게 그들을 잠식했고 냉철한 판단력을 흐리게 만들었다.

무엇보다 그들을 힘들게 하는 것은 그렇게 필사적으로 싸우고 있음에도 미래가 보이지 않는다는 것이었다.

몇몇 대원이 진법을 뚫기 위해 움직여 봤지만 주변을 에워싸고 있는 환영과 연기로 인해 모두 실패했다.

결국 이대로 시간이 흐른다면 그들 모두는 끊임없는 적의 공격에 시달리다 모두 쓰러지고 말 운명이었다.

'누구라도 좋으니 제발 방법을 찾아보라고!'

용철환은 소리 없는 외침과 함께 전력을 다해 검기를 뿌렸다.

파스스슷!

날카로운 파공성과 함께 초천검에서 뿌려진 검기가 사위를 휩쓸었다.

검기에 휩쓸린 적들이 무참히 쓰러졌다.

곳곳에서 터진 화탄으로 인해 시신들은 흔적도 없이 사라지고 사방으로 흩어진 파편이 유성우처럼 쏟아져 내렸다.

유대웅이 막강한 내력을 바탕으로 밀려오는 적을 쓸어버린다면 당학운은 암기를 이용해 적을 쓰러뜨리고 있었다.

당학운의 손이 한 번 움직일 때마다 괴성을 지르며 달려들던 적들이 힘없이 픽픽 쓰러졌다.

지금 묵검단을 공격하는 적들은 특별히 무공을 수련한 사람들이 아니었다. 몽몽환을 복용했다고 하더라도 유대웅의 공격이나 당학운의 암기를 감당할 수가 없었다.

그러나 공격을 하는 유대웅과 당학운의 표정은 과히 좋지 않았다.

적을 막기 위해 어쩔 수 없이 살수를 뿌리고 있었지만 그들이 별다른 무공을 지니지 않은 광신도에 불과하다는 것을 알고 있었기 때문이었다.

그래도 방심할 수는 없었다.

만약 첫 공격에서 당학운의 날카로운 눈썰미에 적이 화탄을 들고 있다는 것이 확인되지 않았다면 화탄으로 인해 어느 정도의 피해를 당했을지 알 수가 없었고 이후, 사방에서 밀려드는 적을 제대로 막을 수 없었을 것이다.

노도처럼 밀려들던 적의 공격이 잠시 끊어졌다.

그것이 끝이 아니라는 것을, 또 다른 인원의 충원을 기다리는 것임은 유대웅과 당학운에 힘을 보태며 격전을 펼치는 묵검단 모두가 알고 있었다.

'네놈들을 가만두면 내 사람이 아니다.'

유대웅은 차분히 호흡을 가다듬으며 아무런 힘도 없는 일반 신도들을 사지로 내몬 사사천교 수뇌들에 대한 분노를 차곡차곡 쌓고 있었다. 사문의 복수는 덤이었다.

"사숙!"

약간은 지친 듯한 목소리. 그러나 유대웅에겐 더없이 반가운 음성이 들려왔다.

"방법은? 진법을 움직이는 매개체를 찾은 거야?"

유대웅이 다급히 물었다.

연기를 뚫고 모습을 드러낸 영영이 고개를 흔들었다.

"아니요. 그건 찾지 못했어요."

실망하기는 일렀다.

"그래도 네 표정을 보니 뭔가가 있는 것 같은데, 아닌가?"

"맞아요. 이곳에서 생각지도 못했던 가능성을 발견했어요.

성공 확률이 얼마나 될지는 장담하지 못하지만요."

영영의 말에 유대웅은 물론이고 진법을 움직이는 매개체를 찾지 못했다는 사실에 잔뜩 실망을 하고 있던 묵검단원들의 얼굴이 확 밝아졌다.

"그 방법이 뭐지?"

"운무잠룡대진에 한번 갇히게 되면 환상 속에서 영원히 미로를 헤매게 되다가 결국 굶어죽거나 절망 속에 탈진해 쓰러져요. 진법을 탈출하는 방법은 오직 진을 발동시키는 지형지물을 파괴하는 것뿐."

"그건 이미 실패를 했지."

"예, 확실히 이런 미로 속에서 어떤 것이 진을 움직이는지 알아차리기 힘드네요. 뭐, 알아차렸어도 그것을 파괴하는 것도 쉽진 않았을 거예요. 적들이 가만히 있을 리가 없을 뿐더러 진법 자체의 힘이 그것을 철저하게 보호하니까요."

"그거야 모르지. 아무튼 그래서?"

유대웅이 말을 재촉했다.

"운무잠룡대진은 음양오행(陰陽五行)을 중심으로 구궁팔괘(九宮八卦)의 원리가 응용된 진법이에요. 스스로 살아 움직이며 호흡하고 변화하는 생명체와 같지요. 하지만 한 시진에 한 번씩 오행과 팔괘의 생(生)과 극(克)이 한데 얽히고 부딪치면서 잠시 잠깐 틈이 벌어질 때가 있어요."

"그 틈을 찾아냈구나?"

"예, 바로 이곳에서요. 찾는다고 찾아지는 것이 아닌데 정말 운이 좋았어요. 그때를 노린다면 진법에서 벗어날 가능성이 있습니다."

"진법을 무너뜨릴 수 있다는 말이냐?"

영영이 고개를 흔들었다.

"아니요. 진법 자체를 무너뜨리려면 진을 발동시키는 핵심 매개체를 무너뜨리는 수밖에 없어요. 그것도 최소한 삼 할 이상을."

"하면 진법을 벗어난다는 의미는……."

"진법의 힘이 약해진 틈을 이용하여 잠깐 동안 출구를 만든다고 생각하시면 되요. 하나 진법이 지닌 힘 자체가 워낙 막강해서 성공을 장담할 수가 없어요."

"출구를 열었다고 가정하면?"

"출구가 열렸다고 해도 그 시간은 거의 찰나에 불과하다 할 수 있어요. 진법이 원래의 힘을 회복하기 전에 빠져나가야 지요."

"이 모든 인원이 빠져나갈 수 있을까?"

유대웅이 긴장된 낯빛의 묵검단원들을 돌아보며 물었다.

"단정 지을 수는 없지만 그 정도 시간은 될 것 같군요. 하지만 일단은 이곳에서 잘 버텨야 해요. 아직 틈이 생기려면 반 시진 이상은 더 지나야 되니까요.”

“이곳에서 진을 치고 버텨야 된다면 그건 문제도 아니다. 여기까지 오는 동안 고생한 것을 생각하면 말이야.”

운무잠룡대진의 발동 직후 진법을 움직이는 매개체를 찾는 것과 동시에 그나마 진법의 영향력이 적은 외곽으로 이동을 하기 위해 일행은 그야말로 악전고투를 펼쳐왔다.

한치 앞도 보기 힘든 연기 속에서 끊임없이 이어지는 적들의 공격은 둘째치고 수많은 환상과 환영이 그들을 괴롭혔다.

그때마다 유대웅과 당학운, 영영의 헌신적인 노력으로 피해를 최대한으로 줄였으나 그들의 활약에도 모든 대원을 구할 수는 없었다.

적지 않은 인원이 일행과 떨어져 실종이 되었다.

미로 속을 헤매고 있는 대원들의 목숨이 모두 끊겼다고 가정을 하면 사실상 적의 공격보다 그로 인한 피해가 더 클 정도였다.

“그렇긴 하네요. 최소한 흩어질 염려는 없으……”

영영의 음성이 딱 끊겼다.

이유는 굳이 물을 필요가 없었다.

쿠쿠쿠쿵.

멀리에서 시작된 진동은 한참이나 계속되다 사라졌다.

동시에 학성촌을 에워싸고 있던 기운도 크게 흔들렸다.

곧 원래의 힘을 회복했지만 분명 뭔가가 변화가 생겼음은 틀림없었다.

진법의 흐름을 신중하게 살피던 영영이 환한 얼굴로 고개를 돌렸다.

"누군가 움직이고 있어요. 운무잠룡대전을 움직이는 한 축을 무너뜨린 것 같아요."

"그래서 진법이 크게 흔들렸구나."

"예, 덕분에 반 시진까지 기다리지 않아도 될 것 같아요. 충격으로 진법의 균형에 문제가 생겼어요. 그 여파가 곧 이곳까지 도착할 거예요."

"준비를 해야겠구나."

"예, 사숙."

"정확히 어디냐?"

"북서쪽 방향을 보세요."

유대웅이 영영이 가리키는 방향으로 고개를 돌렸다.

"자세히 보시면 미세하나마 연기의 흐름이 보이실 거예요."

"그래."

"그 연기의 흐름이 바뀌는 곳이 보이시나요?"

유대웅이 안력을 키웠다.

과연 그녀의 말대로 연기의 흐름이 바뀌는 곳이 있었다.

그 흐름이라는 것이 너무 느린데다가 천지 사방이 연기로 뒤덮여 있어 육안으로 제대로 확인하기 힘들었지만 분명 연기의 흐름이 바뀌고 있었다.

"그곳이 바로 음양오행과 구궁팔괘의 힘이 맞닿는 곳이에요. 적은 불을 피워 우리에게 혼란을 주려고 했지만 결과적으로 놓고 보면 다행스런 일이었네요. 기운의 흐름을 기감으로만 찾아내려고 했다면 더욱 힘들었을 테니까요."

"하하! 그럴 수도 있겠다."

유대웅이 웃었다.

마주 웃은 영영이 요란한 소리가 들려오는 후미 쪽으로 고개를 돌리며 말했다.

"또다시 공격이 시작될 모양이네요."

유대웅의 표정이 살짝 굳었다.

"이번 공격은 조금 심각할 것 같네. 분위기가 좋지 않아. 사사천교에서도 정예들이 나선 것 같다."

"마지막 고비가 되겠군."

당학운이 애써 태연한 표정을 지으며 말했다.

"어르신 혼자서는 무리지 싶습니다."

"혼자는 아니지."

당학운이 묵검단을 돌아보며 말했다.

"제가 갈게요."

영영이 나서자 당학운이 무슨 소리냐는 표정으로 바라보았다.

"이제 제가 할 일은 없어요. 모든 일의 성패는 사숙의 능력에 달렸지요. 사숙."

"말해."

"곧 기운의 흐름이 바뀌는 순간이 올 거예요. 찰나의 순간을 놓치지 마세요."

"명심하마."

가볍게 웃은 유대웅이 지그시 눈을 감고 조화신공을 운용하기 시작했다.

유대웅의 전신에서 뿜어져 나오는 막대한 힘에 놀라던 당학운과 영영이 들이닥치는 적을 막기 위해 움직였다.

조화신공을 극성으로 일으키며 온몸의 힘을 끌어모은 유대웅은 기운의 흐름을 놓치지 않기 위해 집중 또 집중했다.

적들의 외침과 아군의 함성, 병장기 부딪치는 소리는 물론이고 그들이 내뱉는 숨소리까지 정확하게 감지되었다.

심지어 그들의 이마와 볼을 타고 흐르는 땀방울과 흘린 피가 땅에 떨어지는 소리까지 느낄 수 있을 정도였다.

그렇게 집중하기를 얼마간, 지그시 감겼던 유대웅의 눈이 떠졌다.

살짝 흔들리는 연기가 눈에 들어왔다.

한없이 느리지만 분명히 방향이 바뀌고 있었다.

찰나의 순간을 놓치면 안 된다는 영영의 당부대로 유대웅은 망설이지 않았다.

패왕칠검의 마지막 초식이자 가장 강맹한 위력을 자랑하는 노룡붕천!

초천검을 통해 뿜어져 나온, 감히 상상도 할 수 없는 거대한 힘이 기운의 흐름이 바뀌는 곳을 향해 폭사되었다.

콰쾅!

거대한 충돌음이 터져 나왔지만 놀랍게도 운무잠룡대진은 별다른 영향을 받는 것 같지 않았다.

유대웅의 힘과 부딪친 기운은 조금 흔들렸을 뿐이고 잠시 흩어졌던 연기도 다시금 모여들었다.

유대웅은 어이가 없었다.

혼신의 힘을 다한 자신의 공격이 이토록 맥없이 사라질 줄은 상상도 하지 못한 일이었다.

이를 악문 유대웅이 다시금 초천검을 움직였다.

꽝! 꽝! 꽝!

연이은 폭음과 함께 주변을 뒤덮고 있던 연기가 사방으로 흩어지기는 했으나 그밖에 별다른 변화는 일어나지 않았다.

유대웅은 이미 느끼고 있었다.

패왕칠검으로는 운무잠룡대진에 흐르는 도도한 기운을 어

찌하지 못한다는 것을 말이다.

'제길!'

패왕칠검으로는 역부족임은 확실했다.

그 힘의 차이가 생각보다 미미했지만 연이은 공격으로 증명되었듯 같은 힘으로 여러 번 공격하는 것은 의미가 없었다.

단 한 번의 공격으로 노룡붕천을 뛰어넘을 수 있는 뭔가가 필요했다.

바로 그 순간, 유대웅의 눈에 창을 들고 설치는 적이 포착된 것은 실로 운명이라 할 수 있었다.

유대웅의 거대한 몸이 그를 향해 쏘아갔다.

순간이동을 한듯 순식간에 사내에게 접근한 유대웅은 상대가 느낄 사이도 없이 목을 날려 버리고 그가 들고 있던 장창을 틀어쥐었다.

휘류류류륭!

유대웅을 중심으로 거대한 폭풍우가 몰아쳤다.

폭풍우의 기세가 얼마나 대단했는지 주변을 뒤덮고 있던 연기는 물론이고 진법이 일으킨 환상까지 흔적도 없이 날려 버렸다.

꽝! 꽝!

회오리에 휘말려 날아간 이들의 화탄이 곳곳에서 터지며 요란한 소리를 냈다.

유대웅의 압도적인 기세에 싸움은 이미 멈춘 상태였다.

그 막강한 힘을 느낀 이들은 다들 경악을 금치 못했는데 심지어 몽몽환에 취한 적들마저 오금을 저리며 주춤거릴 정도였다.

주룩.

유대웅의 코에서 피가 흘러내렸다.

입가에서도 굵은 선혈이 보였다.

몇 번의 시도에 실패를 하고 마지막 공격을 위해 무리하게 내력을 끌어올린 탓이었다.

애당초 무리할 수밖에 없었다.

초천검을 사용할 때와는 비교도 할 수 없을 정도로 막대한 내력을 필요로 하는 무공이었다.

'마지막! 완전하지 못하지만 이마저도 통하지 않는다면 방법이 없다.'

사람들은 유대웅이 들고 있는 창에서 불길이 치솟는다고 느꼈다.

그 불길이 수십, 수백의 갈래로 갈라지며 온 공간을 지배했다.

들고 있는 창은 물론이고 유대웅은 자신마저 그 불길과 하나가 되었다.

팔뢰진천의 일곱 번째 초식 화룡만공(火龍滿空).

어느 순간, 유대웅의 손에서 창이 떠났다.

창을 따라 움직이는 불길이 모든 것을 삼켜 버렸다.

힘을 이기지 못한 창이 운무잠룡대진의 기운과 정면으로 부딪치기도 전에 한줌 재가 되어 허무하게 사라져 버렸다.

하지만 창에서 일어난 불길들은 여전히 유대웅의 의지를 좇아 운무잠룡대진에 도전했고 처절하게 산화했다.

비틀.

단 한 번의 공격에 자신이 지닌 모든 힘을 쏟아부은 유대웅의 몸이 거칠게 흔들렸다.

칠공에서 피를 흘리는 유대웅의 신형이 힘없이 무너져 내렸다.

재빨리 움직인 누군가가 그를 안아 들었지만 육중한 무게를 견디지 못하고 함께 비틀거렸다.

코를 간질이는 모란꽃 향기.

힘겹게 눈을 뜬 유대웅은 자신을 부축하는 사람의 얼굴을 확인하지 못했다. 그의 머리 위로 운무잠룡대진의 기운에 차단되었던 햇살이 쏟아져 내렸기 때문이었다.

그건 곧 그토록 공격을 퍼부어도 꿈쩍도 하지 않던 운무잠룡대진에 마침내 균열이 생기기 시작했음을 의미했다.

"성공… 했군."

만족스런 미소를 입가에 짓던 유대웅은 그대로 정신을 잃고 말았다.

*　　*　　*

"운무잠룡대진이 무너졌다는 말이냐?"

태사의 음성엔 당혹함이 가득했다.

전령이 황급히 고개를 흔들며 대답했다.

"아닙니다. 무너진 것은 아닙니다만 한 무리의 적이 탈출한 것은 확실합니다."

"설마하니 진법을 빠져나갈 수 있는 자들이 있을 줄이야. 누구냐? 어떤 자들이 운무잠룡대진을 뚫은 것이냐?"

"묵검단입니다."

"가만, 묵검단이라면 청풍 그놈을 말하는 것이냐?"

조고가 볼살을 씰룩이며 물었다.

"그렇습니다."

"크크. 역시 만만치 않은 놈이라 이거군. 그동안의 일들이 우연이 아니었어."

조고의 비릿한 웃음을 뒤로하고 나직이 한숨을 내뱉은 태사가 다시 물었다.

"안쪽에서 진을 파괴하는 자들의 정체는?"

"팽가로 확인되었습니다. 팽가의 가주가 직접 움직였다고 합니다."

"팽가의 가주가? 흠, 분명 대단한 능력을 지니고는 있지만 운무잠룡대진의 본질을 꿰뚫고 무너뜨릴 정도로 뛰어날 줄은 생각 못했군. 혹여 다른 자가 있는 것이냐?"

"확인하지 못했습니다."

전령이 송구한 표정으로 대답했다.

"이렇게 되면 진법에 문제가 생기는 거 아냐? 어찌 대처할 생각이지, 태사?"

조고가 조금은 당황한 표정으로 물었다.

"안과 밖에서 공격이 가해지면 운무잠룡대진이라도 파훼될 수밖에 없습니다. 그러기 전에 최대한의 이득을 얻어야겠지요. 너는 대기하고 있던 모든 병력을 투입하라고 전해라. 내 예상이 틀리지 않는다면 운무잠룡대진은 곧 무너진다."

"알겠습니다."

전령이 물러나자 조고가 태사에게 고개를 돌렸다.

"얼마나 살아 있다는 거야?"

"정확한 수치는 집계가 되지 않았지만 최소한 절반 이상은 쓰러뜨린 것으로 압니다."

"우리 쪽의 피해는?"

"무공을 익히지 않은 자들은 거의 전멸을 당했습니다. 특히 화탄을 들고 적을 공격한 일반 신도들이 많은……."

"아니. 그런 놈들 말고. 제대로 된 병력의 피해 말이야."

"사실상 거의 온전하게 보존되어 있는 상태입니다."

"호, 다행이군. 역시 진법의 위력인가?"

"진법보다는 화탄의 위력이겠지요. 목숨을 잃은 대다수가 화탄에 의한 공격으로 발생한 것입니다."

"크하하하! 좋아, 아주 좋아. 그저 놈들의 힘이나 빼놓으면 다행이라 여기던 놈들이 큰 활약을 해주었어."

"아쉽습니다. 운무잠룡대진을 조금만 더 제대로 숙지를 했다면 보다 큰 효과를 보았을 텐데요."

"그래봤자 무공도 제대로 모르는 놈들이 뭘 할 수 있겠어. 그나마 이만한 이득이라도 본건 모두가 태사가 준비한 화탄 덕분이지. 태사."

"예, 교주님."

"대체 어디서 그 많은 화탄을 준비한 것이지? 그런 낌새는 없었잖아."

"운무잠룡대진의 효과를 극대화시킬 수 있는 방법을 연구하면서 조금씩 모아오던 것입니다. 일전에 예하 장로에게 내준 화탄만큼 강력하지는 않아도 적을 상대하기엔 충분한 살상력을 지니고 있습니다."

"그러게. 이거 화탄만으로도 적을 요절낼 수 있겠어."

조고가 크게 기꺼워하며 웃자 태사가 고개를 흔들었다.

"그렇지는 않습니다. 안타깝게도 그동안 비축해 두었던 화탄은 거의 소모했습니다."

"흠, 그래? 아쉬운 일이군. 그런데 준비한 화탄을 정무맹 놈들에게 모조리 쏟아부었다면 천무장 놈들은 어쩌지? 곧 몰려올 텐데 말이야."

"운무잠룡대진은 정무맹을 잡기 위한 장치였습니다. 천무장 놈들이 바보가 아닌 이상 같은 진법에 빠지지는 않을 것입니다."

"그건 그렇지. 그럼 놈들은 바로 이곳인가?"

"예, 이곳 지하성전이 천무장의 무덤이 될 것입니다."

"뭐, 상관은 없어. 안이 되었든 밖이 되었든 놈들만 찢어죽일 수 있다면 말이야. 바로 이렇게."

기름기가 뚝뚝 떨어지는 돼지 다리를 거칠게 물어뜯는 조고의 눈동자는 살기로 번들거렸다.

유대웅이 운기조식을 끝내고 눈을 뜨자 그의 곁에서 초조하게 지켜보던 운종의 얼굴에 화색이 돌았다.

"괘, 괜찮으십니까?"

"그런대로."

가볍게 고개를 끄덕인 유대웅이 천천히 몸을 일으켰다.

운기조식을 통해 미쳐 날뛰던 진기를 겨우 진정시켰지만 온몸의 뼈마디가 욱신거리며 안 아픈 곳이 없었다.

"모두 빠져나온 건가?"

유대웅이 사사천교와 교전을 벌이고 있는 묵검단을 가리키며 물었다.

"예, 사숙조님 덕분에 모두 무사히 빠져나왔습니다."

"안이나 밖이나 위험한 것은 마찬가지군."

유대웅이 피식 웃음을 터뜨리자 그가 깨어난 것을 확인하고 달려온 당학운이 고개를 흔들었다.

"말도 안 되는 소리. 위험의 강도가 다르지 않은가? 저곳에 비하면 이곳의 싸움은 위험도 아닐세. 게다가 그다지 위협도 되지 않는 놈들이야."

"훗, 그런가요?"

"당연히. 그나저나 몸은 좀 어떤가?"

유대웅을 살피는 당학운의 얼굴이 염려로 가득했다.

그도 그럴 것이 운무잠룡대진을 뚫은 직후 정신을 잃고 쓰러진 유대웅은 심각한 내상을 당한 상태였다.

막강한 위력만큼이나 엄청난 내력이 소모되는 팔뢰진천을 억지로 펼치다 보니 몸에 무리가 온 것은 물론이고 손에 든 창이 힘을 감당하지 못하고 산산조각이 나 버리자 미처 발출되지 못한 힘이 역으로 유대웅의 몸을 뒤흔들었다.

내부에서 미쳐 날뛰는 힘을 바로 잡기 위해 영영과 당학운이 얼마나 애를 썼는지는 말로 표현할 수가 없었다.

특히 명문혈에 진기를 불어넣은 영영은 거의 탈진할 지경까지 이르렀고, 당학운은 당가의 보물이라 할 수 있는 옥령단(玉靈丹)까지 사용하며 그를 보살폈다.

"덕분에 살았습니다. 그토록 귀한 약까지 주시고 말이지요."

"신경 쓰지 말게. 여의환하고 비슷한 거니까."

당학운이 손사래를 쳤지만 유대웅은 알고 있었다. 자신이 무의식중에 복용한 약은 여의환과는 비교도 할 수 없을 정도로 뛰어난 효능을 지닌 영단이라는 것을.

"언제고 신세를 갚겠습니다."

"무슨 말을. 우리를 저곳에서 꺼내준 것만으로도 자넨 이미 신세를 갚은 셈이야."

당학운이 지긋지긋하다는 얼굴로 안개에 휩싸여 있는 학성촌을 가리키며 말했다.

"저 살자고 한 일입니다."

유대웅이 고개를 흔들며 웃었다.

"그런가? 흠, 생각해 보니 그도 그렇군."

마주보며 웃던 당학운이 문득 생각났다는 표정으로 물었다.

"그런데 말일세. 궁금한 것이 하나 있는데 말해 주겠는가?"

"말씀하십시오."

"자네가 마지막에 사용한 무공 말이네."

상대의 무공에 대해 함부로 묻는 것이 얼마나 큰 실례인지 알기에 입을 떼는 당학운의 태도는 상당히 조심스러웠다.

"아무리 생각해도 화산의 무공은 아닌 것 같았는데. 노부가 잘못 본 것인가?"

"아닙니다."

"하면 옛날에 얻었다는……."

"맞습니다. 일전에 말씀드린 패왕의 무공입니다."

"역시 그랬군."

당학운이 크게 감탄하며 고개를 끄덕였다.

"실로 엄청난 위력이었네. 정말 대단한 무공이었어."

"아직 제대로 익히지 못했습니다."

"제, 제대로 익히지 못한 무공이 그 정도란 말인가?"

당학운이 기겁을 하며 되물었다.

"익히기는 했는데 익힐수록 뭔가 빠진 것이 있는 듯해서요. 그것이 무엇인지 아직 명확하지가 않습니다. 제가 이렇게 부상을 당한 것도 그런 이유 중 하나지요. 단순히 내력의 소모가 크다고 해서 무리가 온 것이 아닙니다."

"그렇군. 조금 이상하기는 했네."

"게다가 아직 적당한 무기를 구하지도 못했습니다."

"무기라면 창 말인가?"

"예, 보셨다시피 어지간한 창은 무공의 위력을 감당하지 못합니다."

유대웅이 쓴웃음을 지었다.

"허허! 확실히 그렇더군."

"초천검처럼 패왕이 사용한 창이 있었다고 합니다. 초진창이라고 하는데 그 흔적을 찾을 수가 없군요."

"이름만 들어도 범상치 않은 기운이 느껴지네."

"은밀히 수소문은 해보았으나 존재 자체가 의문인 물건이라서 그런지 쉽지가 않습니다."

유대웅의 입에서 탄식이 흘러나왔다.

"후~ 아쉽지만 어쩔 수 없지요. 영원히 사라진 것이 아니라면 언젠가 인연이 있을 테니까요. 이 녀석이 제 손에 들어온 것처럼."

유대웅이 초천검을 부드럽게 쓰다듬으며 말했다.

"꼭 그러기를 빌지."

"감사합니다. 하지만 지금 당장은 저놈들을 쓰러뜨리고 이 지긋지긋한 진법을 파괴하는 것이 우선인 것 같군요."

유대웅이 전장으로 걸음을 옮기자 당학운이 얼른 따라붙

으며 물었다.

"괜찮겠는가?"

"전력을 다하는 것이 아니라면 괜찮습니다."

유대웅과 당학운이 어깨를 나란히 하고 나타나자 묵검단의 사기는 하늘을 찔렀다.

그렇잖아도 일방적으로 밀리던 사사천교는 유대웅과 당학운의 등장, 거기에 무리를 이끌던 수장마저 영영의 검에 목숨을 잃자 급격하게 무너지기 시작했다.

그렇다고 도망을 치거나 투항을 하는 이는 한 사람도 없었다.

몽몽환의 약효에 취한 그들은 끝까지 저항을 하다가 단 한 명의 생존자도 없이 모조리 목숨을 잃었다.

"지독한 놈들이야."

당학운은 마지막까지 저항하는 적을 보며 질렸다는 듯 고개를 흔들었다.

"저자들이 지독하기보다는 몽몽환인가 뭔가 하는 약이 지독한 것이지요. 목숨에 대한 집착은 인간에게 있어 가장 원초적이고 치열한 본능인데도 무시하게 만드니까요."

유대웅은 숨이 끊어지는 그 순간에도 검을 놓치지 않는 적을 보며 몽몽환의 지독함에 치를 떨었다.

"괜찮으세요, 사숙?"

영영이 손등에 묻은 핏자국을 쓰윽 문지르며 다가왔다.

적의 수장과 꽤나 오랜 시간 동안 격전을 벌인 것 치고는 꽤나 여유로운 모습이었다.

"덕분에 살았다. 너는 괜찮으냐?"

"조금 피곤하긴 하지만 괜찮아요."

"그러게 뭐하러 그런 무리를 해?"

유대웅은 영영이 자신을 구하고자 탈진하기 일보직전까지 진기를 주입했다는 것을 기억했다.

"사숙에 비하면 무리도 아니지요. 지금은 멀쩡해요."

"멀쩡하긴. 네 모습을 봐라. 핏기 하나 없는 것이 금방이라도 쓰러질 것 같은 모습을 하고는."

미안한 마음에 괜히 퉁명스레 대꾸한 유대웅이 지친 기색이 역력한 묵검단을 둘러보았다.

운무잠룡대진을 빠져나오기 직전의 인원과 거의 비슷한 것을 보면 운종의 말대로 다들 별탈없이 탈출에 성공한 것 같았다. 또한 탈출 이후에 벌어진 싸움에서도 큰 피해는 없어 보였다.

"다들 무사한 것 같아 다행이다."

유대웅의 무덤덤한 한마디에 왕욱이 한 걸음 걸어 나오며 정중히 예를 차렸다.

"청풍 노사님 덕분입니다."

동시에 한쪽에서 치료를 받고 있는 인원을 제외한 묵검단 전원이 허리를 꺾었다.

"인사를 하려면 영영에게나 하던가. 나야 영영이 시키는 대로 했을 뿐인데."

모든 공을 영영에게 돌린 유대웅이 당학운 곁에서 활짝 웃고 있는 당소진에게 말했다.

"아깐 고마웠소, 당 소저."

"예?"

당소진이 눈을 동그랗게 뜨며 반문하자 유대웅이 살짝 민망한 웃음을 지었다.

"험험, 덩치가 덩치인지라 조금 무거웠을 겁니다. 어쨌거나 고마웠습니다."

다시금 고개를 숙이고 몸을 돌리는 유대웅.

무슨 영문인지 몰랐던 당소진은 그저 멍한 눈으로 유대웅을 바라볼 수밖에 없었다.

"고맙다는 인사는 하연이에게도 해야 할 걸세."

당학운이 부상자들의 상처를 살피고 있는 송하연을 가리키며 말했다.

"저 아이의 침술이 없었다면 우리가 아무리 애를 썼어도 뒤틀린 기혈을 바로잡는 것이 쉽지는 않았을 게야."

"그랬군요."

유대웅이 새삼스럽다는 눈길로 송하연을 바라보았다.
때마침 고개를 돌리던 송하연은 유대웅과 시선이 마주치자 얼른 고개를 돌렸다.
그 모습을 본 유대웅의 얼굴이 팍 구겨졌다.
'젠장.'
화를 낼 수도 없었다.
의도한 바는 아니었지만 벌써 몇 번이나 그녀에게 큰 실수를 저질렀다. 그것도 그냥 웃고 넘어갈 정도가 아니라 어찌 보면 다시 보기 힘들 정도로 큰 실수를.
'저리 대하는 것도 당연한 것이지.'
한숨을 내쉰 유대웅이 송하연에게 걸어갔다.
아직 치료가 끝나지 않은 것인지 유대웅이 곁에 왔음에도 송하연은 별다른 말을 하지 않았다. 고개조차 돌리지 않았다.
추뢰를 데리고 그녀를 찾으면서 이미 그런 반응에 익숙했던 유대웅은 아무 말 없이 그녀를 지켜보았다.
상처를 치료하는 송하연의 이마엔 땀방울이 송골송골 맺혀 있었다. 창백한 낯빛엔 피곤한 기색이 역력했다.
옆구리와 팔뚝에 먼지와 피가 범벅이 된 붕대를 감고 있는 것을 보면 송하연 자신도 부상을 당한 모양이었다. 그럼에도 부상당한 동료들을 치료하느라 정작 자신은 제대로 치료도 하지 못하고 쉬지도 못한 것이 틀림없었다.

뭐가 그리 마음에 들지 않는지 유대웅의 미간이 잔뜩 찌푸려졌다.

우두커니 기다리기를 얼마간, 상처 부위를 흰 천으로 동여매는 것을 끝으로 치료를 끝낸 송하연이 길게 숨을 내뱉으며 말했다.

"상처가 제법 깊어요, 대주. 곪기 시작하면 큰일이니까 제대로 신경을 써야 될 거예요."

"고맙다."

송하연의 어깨를 가볍게 두드리며 인사를 하던 귀무잠은 그녀의 뒤편에 서 있는 유대웅을 발견하곤 얼른 예를 차렸다.

"오, 오셨습니까?"

"부상은 어때?"

"괜찮습니다."

"그다지 괜찮아 보이지 않아. 다른 곳도 아니고 팔이야. 제대로 신경 쓰지 않으면 나중에 틀림없이 문제가 생겨. 쾌검을 다루는 사람에게 팔의 감각은 생명 그 이상이야. 무슨 말인지 알지."

"예, 노사님."

"알았으면 됐고."

유대웅이 시선을 돌리자 정중히 예를 표한 귀무잠이 조심스레 자리를 떴다.

"무슨 일이세요?"

송하연이 피곤한 음성으로 물었다.

"고맙다는 인사를 하러 왔소."

"고맙다니요?"

송하연이 눈살을 찌푸리며 물었다.

그녀의 표정을 '귀찮으니까 용건만 간단히 말하고 사라지라' 라고 자의적으로 해석한 유대웅이 착잡한 표정으로 말을 이었다.

"정신을 잃었을 때 큰 도움을 주었다고 들었소."

"신경 쓰지 마세요. 묵검단원이자 의원으로서 당연히 해야 할 일이었으니까요."

"그, 그래도……."

"노사님도 저 안에서 몇 번이나 도움을 주셨잖아요. 고맙게 생각하고 있어요."

유대웅의 얼굴이 환해졌다.

"그건 묵검단의 노사로서 당연히 해야 할 일이었소."

"저는 의원으로서 할 일을 한 것이고요."

송하연의 무미건조한 음성에 유대웅은 맥이 탁 풀리는 느낌이었다.

괜스레 화도 났다.

"어쨌건 고마웠소."

퉁명스레 한마디를 내뱉은 유대웅.

몸을 돌려 몇 걸음을 내딛다가 갑자기 걸음을 멈추었다.

"남의 목숨만 귀하게 여기지 말고 자신의 몸도 좀 챙기시오. 별것 아닌 부상이라고 그렇게 방치하다가 큰일 나는 수가 있소."

덩치에 어울리지 않게 빠르게 쏘아붙인 유대웅이 신경질적으로 발걸음을 놀렸다.

발을 내디딜 때마다 땅이 울리는 듯했다.

"칫! 어울리지 않게 충고는. 누구 때문에 덧났는지도 모르면서."

송하연의 시선이 왼쪽 팔뚝으로 향했다.

깨끗했던 붕대는 그녀가 흘린 피와 먼지로 인해 잔뜩 오염되어 있었다.

"그 큰 덩치를 해가지고 기절이나 하면 어쩌자는 거야. 남의 팔까지 이 꼴로 만들어 놓고."

송하연이 더럽혀진 붕대를 풀기 시작했다.

"아무리 정신이 없었다지만 엉뚱한 사람에게 고맙다는 소리나 하고 말이야."

유대웅과 당소진의 대화를 떠올리자 은근히 짜증이 솟구쳤다.

"아, 정말 마음에 안 들어!"

유대웅의 뒷모습을 한참이나 바라보던 송하연이 고개를 홱 돌렸다.

그 찰나, 유대웅의 손가락은 자신도 모르게 귓구멍을 후비고 있었다.

第十六章
시산혈해(屍山血海)

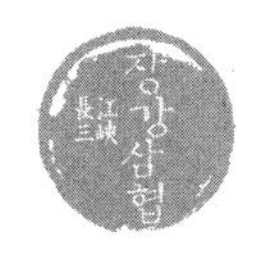

"커흑!"

외마디 비명과 함께 한 사내가 무릎을 꿇었다.

"파윤!"

팽만이 안타깝게 불러 보았지만 이미 숨이 끊어진 파윤에게선 대답이 없었다.

팽만이 주변을 둘러보았다.

가주를 탈출시키기 위해 움직인 인원을 제외하곤 살아 있는 자들이 아무도 없었다.

"으아아아!"

울분에 찬 팽만의 외침은 지속되지 못했다.

날카로운 검 하나가 팽만의 등을 꿰뚫었다.

"끄으으."

팽만은 불신에 찬 눈으로 가슴을 뚫고 나온 검을 움켜잡으며 천천히 무너져 내렸다.

쓰러지는 팽만을 향해 또 다른 검이 움직였다.

팽만은 숨이 끊어진 이후에도 난도질을 당한 후에야 편히 몸을 누일 수가 있었다.

"빌어먹을 놈! 이제야 뒈졌군, 퉤!"

독행기주 갈마도는 팽만의 시신 위로 누런 가래침을 뱉는 만행을 거침없이 저지르며 주변을 둘러보았다.

언뜻 헤아려 봐도 삼십 명도 넘는 수하들의 모습이 보이지 않았다.

"제기랄!"

압도적인 수적 우위를 바탕으로 풍뢰진천대를 몰아붙였건만 결과적으로 피해는 비슷했다.

풍뢰진천대의 명성을 감안했을 때 독행기의 피해는 오히려 미미하다고 할 수 있었다. 아니, 어떻게 보면 선전을 했다고 자랑할 수 있는 수준이었다.

하지만 지금의 상황에선 있을 수가 없는 일이었다.

운무잠룡대진에 갇힌 풍뢰진천대는 독행기는 물론이고 그

들을 괴롭히는 환상과도 싸워야 했다. 조금씩 정신력을 갉아 먹는 미혼향도 큰 문제였다.

그에 반해 독행기는 몽몽환을 복용하여 이전보다 훨씬 강한 전력을 갖추었고 오랜 훈련을 통해 운무잠룡대진의 영향을 거의 받지 않을 정도로 익숙해진 상태였다.

애당초 싸움 자체가 될 수 없는 상황이었다.

그럼에도 비슷한 피해가 났다는 것은 그만큼 풍뢰진천대의 실력이 뛰어났다는 것을 반증하는 것이었다.

"지독한 놈들. 아주 자근자근 갈아 마셔주마."

갈마도는 팽가가 모여 있는 곳을 바라보며 칼을 들었다.

"시간 끌 것 없다. 모조리 죽여 버려."

명령이 떨어지자 한껏 살심이 고조되어 있던 독행기의 대원들이 괴성을 지르며 달려가기 시작했다.

연이은 공격을 힘겹게 막아내고 있던 팽혼은 멀리서부터 들려오는 함성에 절망적인 표정을 지었다.

운무잠룡대진에 갇힌 지 반 시진도 채 되지 않았지만 이미 팽가의 전력은 절반 이상이 사라지고 없었다.

진법을 파괴하러 갔던 팽도언마저 큰 부상을 입고 돌아온 터라 상황은 더욱 좋지 않았다.

"방법이 없겠느냐?"

질문을 받은 팽윤이 침통한 표정으로 고개를 흔들었다.

그가 할 수 있는 것은 팽가의 식솔들이 잠시나마 운무잠룡대진의 영향력에서 벗어나게 만드는 것이 전부였다.

사실 그것만 해도 대단한 성과라 할 수 있었다.

화탄을 비롯하여 적들의 파상 공세에도 지금껏 팽가가 생존할 수 있었던 것은 팽윤이 주변에 펼쳐놓은 진법의 덕분이라고 해도 과언이 아니었다.

팽윤 덕에 그들은 운무잠룡대진이 일으키는 환상에 시달리지도 않았고 질식할 것만 같은 연기에도 무사했으면 은밀히 스며드는 미혼향의 마수에서도 자신을 지킬 수가 있었다.

하지만 지금까지의 공격이 단순 광신도들, 그리고 그들 틈에 섞인 자들의 암습이었다면 조금 전부터는 사사천교에서도 본격적으로 정에 병력을 쏟아내기 시작했다.

첫 번째 공격은 어찌어찌 막아낼 수 있었지만 팽가의 손해도 막심했다. 심지어 그들을 보호하고 있던 진법마저 깨진 상태였다.

"아무래도 풍뢰진천대는 몰살을 당한 것 같다."

"……."

팽윤은 아무런 말도 할 수가 없었다.

모든 것이 자신의 잘못인 것 같았다.

학성촌에 진법이 설치되어 있다는 것을 알면서도 입을 다물었던 것은 충분히 진을 깰 수 있다는 자신감이 있었기 때문이었다.

자신감은 헤아릴 수 없을 정도로 많은 광신도가 화탄을 품에 안고 달려드는 순간부터 이미 깨끗하게 사라졌다.

그들에 의해 그토록 강력한 힘을 자랑했던 풍뢰진천대의 대원들이 하나둘 목숨을 잃어갔다.

운무잠룡대진을 발동하는 매개체를 부수는데 성공하기는 했지만 그 과정에서 팽도언마저 큰 부상을 당하고 식솔들 모두가 큰 위험에 처하고 말았으니 자만심의 대가치고는 너무도 뼈아팠다.

"포기하지 마라. 그때는 우리 모두가 죽었을 때이다."

팽도언이 팽혼의 어깨를 지그시 잡았다.

"아버님."

팽혼이 깜짝 놀라 소리쳤다.

"괜찮으십니까, 할아버님?"

팽윤이 팽도언의 몸을 부축하며 물었다.

"솔직히 괜찮지는 않구나. 그래도 저런 시답지 않은 놈들에게 당할 정도는 아니다."

운무잠룡대진을 발동시키는 매개체 중 하나였던 석상을 박살 내기 위해 전력을 다했던 팽도언은 비록 석상을 부수기는 했으나 그에 대한 반탄력과 때마침 이어진 적의 공격으로 인해 큰 부상을 당하고 말았다.

급한 대로 수습은 했어도 금방이라도 폭발할 듯 그의 내부는 엉망이었다.

"문제는 운무잠룡대진이 일으키는 환상과 연기로구나. 진법을 숙지하고 있는 적과 싸운다는 것은 두 눈을 감고 싸우는 것과 마찬가지니."

"게다가 연기에 녹아 있는 정체 모를 독도 문제입니다."

팽혼이 한숨을 내쉬었다.

팽윤이 설치했던 진법이 깨지고 뒤늦게 연기에 숨어 있는 미혼향의 존재를 눈치챘지만 딱히 막을 방법이 없었다. 몇몇 식솔은 이미 중독이 되어 영향을 받고 있었다.

모두의 입에서 절로 한숨이 흘러나왔다.

그사이 적이 근접했는지 함성 소리가 거세지고 있었다.

땅의 울림도 점점 커졌다.

그러나 연기에 가려 적의 모습은 여전히 보이지 않았다.

"제길, 연기만이라도 없었다면……."

팽혼이 이를 부득 갈았다.

바로 그때였다.

지진이라도 난 듯 거대한 울림이 있었다.

난데없는 진동에 금방이라도 모습을 드러낼 것만 같던 적의 움직임 또한 딱 멎었다.

한번 시작된 진동은 꽤나 오랫동안 지속되었다.

그 진동이 멈췄을 때 영원히 학성촌을 뒤덮을 것처럼 보였던 연기가 바람에 밀려 서서히 사라지기 시작했다.

"지, 진법이 깨졌습니다."

팽윤이 떨리는 음성으로 말했다.

"그런 것 같구나."

부상은 당했지만 누구보다 기감이 발달한 팽도언이 고개를 끄덕였다.

"됐습니다. 이 빌어먹을 진법과 연기만 없다면 놈들은 문제도 아닙니다."

팽혼이 흥분하여 소리쳤다.

조금 전까지만 해도 바닥을 기었던 팽가의 사기가 하늘 높이 치솟았다.

운무잠룡대진이 깨지고 연기마저 사라지자 마침내 학성촌의 모습이 온전히 드러났다.

"아!"

누군가의 입에서 경악성이 터져 나왔다.

처참했다.

처음 학성촌에 들어왔을 때의 풍경은 온데간데없이 사라졌다.

대다수의 가옥은 불에 타 흔적도 없이 사라졌고 화탄이 터지면서 생긴 상흔이 온 마을을 할퀴었다.

무수하게 쓰러진 시신이 산을 만들었고 그들이 흘린 피가 내를 이루었다. 언뜻 보아도 수백 구는 훨씬 넘는 인원이었다.

쓰러진 이들 대부분이 무공을 모르는, 사사천교에 미혹되어 아무런 의미도 없이 목숨을 버린, 참으로 불쌍한 백성들이었다.

"금검단입니다."

팽혼이 좌측에서 달려오는 일단의 무리들을 가리키며 말했다.

단주 용철환을 필두로 달려오는 금검단과 그들을 지원했던 군웅들의 수는 백오십 정도에 불과했다.

좌측을 공략하기 위해 움직인 인원이 대략 사백에 육박했다는 것을 감안하면 엄청난 손실이 아닐 수 없었다.

"무사하셨군요, 관 노사님!"

"운이 좋았지. 하지만 피해가 너무 극심해. 팽가는……."

침통한 표정으로 고개를 흔들던 관지림이 뒤쪽에 서 있는 팽도언을 발견하곤 얼른 달려갔다.

"괜찮으십니까?".

"보다시피 좋지는 않소."

팽도언의 부상이 심각하다는 것을 확인한 관지림이 깜짝

놀라 소리쳤다.

"설마, 가주께서도 놈들에게 당한 것입니까?"

"진법을 움직이는 매개체를 부수다가 이 꼴이 되었소."

"아!"

관지림이 크게 탄성을 터뜨렸다.

"그토록 우리를 괴롭히던 진법이 갑자기 사라져서 그 이유를 몰랐는데 가주께서 진법을 무너뜨리신 거군요. 덕분에 살았습니다."

관지림이 진심으로 고마워하며 깊이 허리를 숙이자 팽언도의 입가에 절로 쓴웃음이 지어졌다.

"내가 아니오. 하나를 부순 것은 맞지만 그 정도로는 무너지지 않는다고 하였소. 맞느냐?"

팽언도의 시선이 팽윤에게 향했다.

"그렇습니다. 할아버님께서 진법을 움직이고 있던 석상 하나를 부수기는 하셨지만 그것만으로는 역부족이었습니다. 다른 누군가가 몇 개의 매개체를 더 부쉈을 겁니다."

"가주께서 부순 것이 아니라면 누가……."

관지림이 당황한 얼굴로 고개를 갸웃거릴 때 맞은편 공략에 나섰던 호검단과 군웅들이 달려왔다.

그들의 상황은 금검단 쪽보다 더 좋지 않아서 생존자는 백 명 남짓에 불과했다.

"살아계셨구려."

관지림이 지친 기색이 역력한 오명종을 확인하곤 달려가 손을 잡았다.

"살아도 산 게 아닙니다."

오명종이 처참하게 당한 호검단과 군웅들을 살피며 고개를 떨궜다.

아닌 게 아니라 그들의 모습은 실로 처참했다.

치열한 격전을 벌인 것인지 대다수가 크고 작은 부상을 당한 상태였고 금방이라도 숨이 멎을 듯한 자들도 십여 명 가까이 되었다.

"그래도 진법이 파괴되자 반격이 두려웠는지 적들이 물러나더군요. 그 덕에 한숨 돌렸습니다."

"그러고 보니 적들이 모두 사라졌습니다."

팽혼이 주변을 둘러보며 말했다.

"흥, 놈들도 당황을 했겠지. 진법의 힘을 빌려 마음껏 공격을 하다가 갑자기 방패가 사라진 셈이니 말이야."

오명종이 코웃음을 쳤다.

"한데 누가 진법을 부순 걸까요? 팽가도 아니고……."

관지림의 시선이 자신에게 향하자 오명종 또한 고개를 흔들었다.

"그럼 그들뿐이군요."

모두의 시선이 팽윤에게 향했다.

"금검단이나 호검단 쪽도 아니고 본가도 아니라면 남은 것은 예비 병력으로 돌렸던 묵검단뿐이지요."

"묵검단은 오히려 병력이 가장 적었다. 그렇다고 진법에 휘말리지 않은 것도 아니고. 아니더냐?

팽도언이 물었다.

"그래도 그들뿐이지요. 운무잠룡대진을 움직이는 매개체를 부술 수 있을 만한 무공을 지닌 사람은 제가 생각하기엔 청풍 노사뿐입니다."

"음."

다들 묵직한 신음을 흘렸다.

의미는 달랐다.

팽도언은 유대웅의 전신에서 은연중에 느껴지던 막강한 힘을 기억한 것이고 관지림이나 오명종 등은 정무맹에서 그에게 당한 망신을 떠올린 것이다.

"본인에게 물어보면 알겠지요."

팽혼이 북쪽을 가리키며 말했다.

팽혼이 가리킨 방향에서 왕욱을 필두로 묵검단의 생존자들이 빠르게 달려오고 있었다.

"그 와중에도 묵검단은 별다른 피해가 없는 것 같소."

팽도언이 감탄을 하자 관지림과 오명종의 얼굴이 일그러

졌다.

"사사천교의 공격이 아무래도 팽가나 우리 쪽에 집중되었기 때문이겠지요. 후미에 빠져 있는 자들이야 신경이나 썼겠습니까?"

오명종이 애써 묵검단의 활약을 폄하하려 했지만 동의하는 사람은 그다지 많지 않았다.

그사이 묵검단이 일행과 합류를 했다.

"무사하셨군요, 가주."

당학운이 팽도언을 보며 반색을 했다.

"겨우 목숨만 건졌네. 모두 자네들 덕분이지. 누군가? 누가 진을 파괴한 것인가?"

팽도언의 물음에 당학운을 비롯하여 묵검단의 모든 시선이 맨 뒤에서 따라오던 유대웅에게 집중되었다.

"역시. 우리의 예상이 맞았군."

팽도언이 다시금 감탄을 하며 고개를 끄덕였다.

"청풍 노사께서 학성촌에 설치된 진법이 운무잠룡대진임을 간파하신 겁니까?"

팽윤이 궁금증을 참지 못하고 물었다.

언뜻 생각하면 굉장히 무례한 질문이었지만 유대웅은 개의치 않았다.

"내게 그런 능력은 없소. 뭔가 수상한 낌새가 있다는 것은 눈치를 챘지만 정확한 실체를 알지는 못했소."

"허허! 자네의 경고를 받아들였다면 이런 꼴은 면했을 것을. 미안하네."

팽도언은 유대웅의 말을 들은 당학운이 학성촌에 수상한 기운이 감돈다는 것을 경고하기 위해 찾아왔었다는 것을 떠올리며 진심으로 사과를 했다.

당시 풍뢰진천대의 활약에 고무되었던 팽도언은 당학운의 충고를 사실상 무시를 했었다.

"정확한 실체를 잡은 것은 아니었으니 누구를 탓할 문제는 아니라고 봅니다. 이곳에 펼쳐진 진법이 운무잠룡대진이라는 것도 영영이 눈치채고 가르쳐 준 것이지요. 영영이 없었다면 적들의 간계에 꼼짝없이 당하고 말았을 겁니다."

유대웅은 영영에게 공을 돌렸다.

정무맹에서부터 영영의 활약을 익히 보아왔던 이들은 담담히 고개를 끄덕였지만 다른 이들은 달랐다. 특히 누구보다 놀란 사람은 팽윤이었다.

'말도 안 돼! 운무잠룡대진은 결코 평범한 진법이 아니다. 전문적으로 공부한 이들도 허실을 제대로 파악하기 힘든데 그것을 저 여인이…….'

팽윤은 경악에 찬 눈으로 영영을 뚫어져라 응시했다.

그 눈빛이 부담이 될 만도 하건만 영영은 별다른 반응을 보이지 않았다.

"안쪽에서도 진을 움직이는 매개체를 부순 것으로 압니다. 혹, 가주께서 움직이신 건지요?"

유대웅이 조심스레 물었다.

"노부가 부수긴 했네. 덕분에 이 꼴이 되었지만."

팽도언이 쓴웃음을 지으며 대답했다.

"역시 그랬군요. 어르신 덕분에 살았습니다."

"그게 무슨 소린가?"

팽도언이 의아함을 금치 못하자 유대웅이 활짝 웃으며 말했다.

"운무잠룡대진의 외곽으로 이동한 저희는 진법을 구성하는 두 기운이 교차하는 지점을 찾을 수가 있었습니다. 기운의 흐름이 바뀌는 순간이 유일하게 진을 탈출할 수 있는 기회였지요. 그렇지만 시간상으로 한참을 기다려야 했습니다. 적의 공격이 거세지는 시점이라 과연 버틸 수 있을까 걱정을 하는 순간, 운무잠룡대진에 거대한 변화가 왔습니다."

"혹, 노부가 석상을 부쉈을 때를 말함인가?"

"그렇습니다. 그로 인해 운무잠룡대진이 크게 흔들렸고 진을 구성하는 기운의 흐름이 생각보다 이른 시간에 바뀌게 되었습니다. 저흰 그 틈을 놓치지 않고 빠져나온 것이고요. 그리고 나머지 매개체를 찾아 부술 수 있었습니다."

"허! 이렇게 절묘할 수가!"

팽도언은 자신 또한 운무잠룡대진을 파괴하는데 일조를 했다는 생각에 크게 기꺼워했다.

들떴던 분위기도 잠시였다.

운무잠룡대진이 파괴되면서 잠시 물러나는가 싶었던 적들이 주변을 완벽하게 포위하며 접근하고 있었다.

"많군. 쉽지 않은 싸움이 되겠어."

팽도언은 엄청난 수의 적을 확인하며 침음을 흘렸다.

"어쩌면 진법에 갇혔을 때보다 더욱 위험할 것 같군요."

당학운의 말에 관지림이 질렸다는 표정으로 고개를 끄덕였다.

"예, 피해가 너무 컸습니다. 우리가 막대한 피해를 당하는 동안에도 놈들은 사실상 전력의 손해가 없는 것 같습니다. 전력의 차이가 너무 심합니다."

운무잠룡대진에서 살아남은 인원은 대략 삼백 남짓. 그에 반해 적은 언뜻 살펴봐도 칠팔백은 족히 될 듯싶었다. 게다가 그들 모두는 몽몽환이라는 희대의 괴약을 복용한 상태로 개개인의 실력 또한 훨씬 향상된 상태였다.

"전면전은 불가능할 듯싶군요."

당학운의 말에 팽도언이 눈살을 찌푸렸다.

"도망가기도 여의치가 않네. 이중삼중으로 포위망이 펼쳐져 있어."

"죽으면 죽었지 놈들에게 등을 보이진 않을 것입니다."

냉랭하게 외친 오명종은 누가 말릴 사이도 없이 몸을 홱 돌려 호검단으로 돌아갔다.

"죽는다면 한 놈이라도 더 베고 죽을 것이다."

오명종의 외침에 호검단이 일제히 무기를 치켜세우며 함성을 내질렀다.

사사천교의 무인들이 정무맹과 군웅들, 팽가의 식솔들을 완벽하게 에워쌌다. 몽몽환의 기운으로 인해 잔뜩 흥분하고 있는 그들은 금방이라도 살기를 폭발시키기 위해 거친 숨을 내뱉고 있었다.

"천무장이 접근하고 있다. 최대한 빨리, 최소한의 피해로 끝장낸다."

싸움을 총 지휘하고 있는 순우건이 검을 높이 치켜세웠다.

"포로는 필요 없다. 모조리 죽여라."

공격 명령이 떨어지자 사사천교의 무인들이 노도처럼 밀려오기 시작했다.

* * *

"곡부입니다."

빙천기주 녹광이 대로 끝을 가리키며 말했다.

"상황은?"

사도연이 뒤쪽에서 따라오던 강정(姜晶)에게 물었다.

강정은 취운각주 모진이 꽤나 아끼는 인물로 이번 사사천교 공략에 투입된 취운각의 정보원들을 지휘하는 자였다.

"현재 사사천교를 공격하던 정무맹은 학성촌에 펼쳐진 진법에 갇혀 있다가 탈출한 것으로 확인되었습니다."

"진법?"

"학성촌에 운무잠룡대진이라는 절진이 펼쳐져 있었다고 합니다."

"운무잠룡대진이라. 예사롭지 않은 이름이군. 한데 그것을 뚫었단 말이냐?"

"예, 묵검단의 노사 청풍에 의해 파괴가 되었습니다. 하지만 놈들은 이미 엄청난 피해를 입은 상태입니다. 중요한 점은 사사천교는 일반 신도들을 이용하여 별다른 전력의 손실없이 그런 성과를 거뒀다는 것입니다."

강정의 설명에 깜짝 놀란 번창이 얼른 물었다.

"지금 일반 신도들을 이용했다고 했느냐?"

"그렇습니다."

"허! 아무리 진에 갇혔다지만 나름 정무맹의 최정예들이다. 팽가도 그렇고. 설마하니 그들의 실력이 통했단 말은 아니겠지?"

"정확히 말씀드리자면 그들이 아니라 그들이 지닌 화탄에 당한 것입니다."

"화… 탄?"

"예, 몸에 지니고 자폭 공격을 감행했다고 하는군요."

"……."

번창은 놀란 입을 다물지 못했다.

"미친. 우리가 먼저 부딪치지 않은 것이 다행이군."

개욱이 어이가 없다는 듯 고개를 흔들었다.

"저쪽에 계신 선배께서 세우신 계획입니다. 우리가 그들과 먼저 부딪칠 일은 없었습니다."

가볍게 웃은 사도연이 다시 입을 열었다.

"어쨌건 진법이 뚫렸다고 하니 지금은 치열한 싸움이 벌어지고 있겠구나?"

"그렇습니다. 운무잠룡대진을 부수고 살아남은 정무맹의 인원은 대략 삼백으로 추산됩니다만 맹렬히 공격하고 있는 사사천교의 정예는 그들의 두 배가 훨씬 넘는 인원입니다. 참고로 그들 모두는 몽몽환을 복용하여 전력이 급상승한 상태입니다."

"아주 작심을 했군. 다들 미쳤어. 얼마 후에 폐인이 될 것을 뻔히 알면서 그 지랄을 한단 말이야?"

도저히 이해할 수 없다는 얼굴로 고개를 절레절레 흔드는 번창.

황당해하기는 다른 사람 역시 마찬가지였다.

"시키는 놈들이나 그걸 따르는 놈들이나 다 미친놈들이야. 정무맹 놈들이 지금 버티고는 있는 거냐?"

개욱이 질문을 던졌다.

"학성촌 중심에서 원진을 구축하며 필사적으로 저항을 하고는 있으나 수적으로 워낙 밀려서 쉽지는 않습니다."

가만히 듣고 있던 오자인이 끼어들었다.

"정무맹에도 고수들이 있잖아. 가령 팽가의 가주나 그 청풍이란 놈처럼."

"그들의 활약이 대단하긴 해도 사사천교 또한 만만치는 않습니다. 심지어 몇몇 수뇌도 몽몽환을 복용한 것을 확인되었습니다."

"수뇌진들까지?"

"예."

"할 말이 없군."

"이대로 진행되면 반 시진 이내에 싸움이 끝날 것입니다."

번창이 코웃음을 치며 말했다.

"모조리 뒈지면 우리에게 고마워할 인간이 없으니 안 되고 그렇다고 너무 많이 살아남는 것도 바라는 바는 아니니 적당한 때에 등장을 하면 되겠지."

"일단 이곳부터 정리하고 시작하는 것이 좋겠습니다. 괜히 후한을 남겨 놓을 필요는 없으니까요. 이보게, 대주."

사도연의 부름에 은밀히 천무장에 흡수된 빙천기주 공풍룡이 앞으로 나섰다.

"예, 어르신."

"우리보단 아무래도 이곳을 잘 아는 자네들이 움직이는 것이 낫겠지?"

"바로 처리하겠습니다."

공손히 대답한 공풍룡이 수하들을 이끌고 주변 곳곳에 숨겨져 있는 사사천교의 병력들을 공격하기 시작했다.

이전과는 전혀 다른 복장으로 나타난 빙천기는 한때는 동료였던 사사천교의 병력을 순식간에 쓸어버리면서 천무장의 식솔로서 첫 임무를 훌륭하게 완수를 했다.

*　　　*　　　*

"으아아악!"

"죽어랏!"

병장기와 비명 소리가 난무하는 아비규환.

이미 천여 구를 훨씬 넘는 시신들로 인해 가히 지옥도를 방

불케 하는 학성촌을 바라보며 미소를 짓는 자가 있었다.

"크크크, 좋아. 아주 잘들 하고 있군."

학성촌 남쪽 초입.

불에 타지 않은 전망대에 올라 전황을 살피는 조고의 입에는 승리를 확신하는 듯한 미소가 지어져 있었다.

그 승리를 거두기 위해 무공도 모르는 수백의 신도가 처참히 목숨을 잃었고 계속해서 희생자들이 발생하고 있음에도 그는 아랑곳하지 않았다. 심지어 한손에는 술을, 다른 한손에는 나신과 다름없는 시녀의 젖가슴을 주무르며 느긋하게 싸움을 감상하고 있었다.

"그런데 태사. 생각보다 잘 버틴다고 생각하지 않아?"

조고가 원진을 구성하며 필사적으로 저항하는 정무맹과 군웅들을 가리키며 말했다.

"쥐도 구석에 몰리면 고양이에게 덤벼드는 법이지요. 저들에겐 물러설 곳이 없습니다. 죽음에 대한 두려움과 공포가 그들을 절박하게 만들었고 그것이 지금껏 버틸 수 있는 원동력이 되었을 겁니다. 하나 그 또한 한계가 있는 법. 곧 무너지게 될 것입니다."

"아무렴. 그래야지. 그나저나 조금 아쉽군. 빙천기와 열화기가 있었다면 순식간에 끝났을 텐데 말이야."

조고는 사사천교에서 가장 전력이 강한 빙천기와 열화기

를 떠올리며 잠시나마 아쉽다는 표정을 지었다.

"그들의 희생 덕에 이런 상황이 가능한 것이지요. 특히 정무맹의 발을 훌륭하게 묶어준 빙천기의 활약이 없었다면 문제는 심각했을 겁니다."

"뭐, 그렇긴 해."

시큰둥하게 고개를 끄덕인 조고가 묘강과 손엽의 합공을 받고 있는 유대웅을 가리키며 말했다.

"저놈이 바로 청풍이란 놈인가?"

"그런 것 같습니다."

"역시 난놈은 난놈이군. 덩치도 그렇고."

조고는 손엽과 묘강보다 배는 됨직한 덩치에 사사천교에서 손꼽히는 실력자들의 합공에도 그다지 밀리지 않는 유대웅을 보며 묘한 표정을 지었다.

당장에라도 검을 쥐고 유대웅과 일전을 벌이고 싶은 마음이 들었다.

조고는 주화입마에 걸리고 폐인이 된 후 완전히 사라졌다고 여긴 호승심이 슬며시 올라오는 것을 느끼며 화들짝 놀랐다.

절로 짜증이 솟구쳤다.

"젠장!"

갑작스런 반응에 태사의 낯빛이 살짝 변했다.

"무슨 일이십니까, 교주님?"

"묘강과 손엽이 몽몽환을 복용했던가?"

"예, 교를 위해 스스로를 희생했지요."

태사는 자신을 따르는 묘강은 몽몽환을 복용하지 않았다는 것을 조고에게 알리지 않았다.

"그런데도 저 모양이야?"

조고가 신경질 적으로 소리쳤다.

그에게 사사천교를 위한 손엽 등의 희생은 귀에 들어오지도 않았다. 중요한 것은 명색이 호법, 장로라는 자들이 몽몽환을 복용했고 합공을 하고 있음에도 유대웅을 제대로 상대하지 못한다는 것이었다.

"태사, 분명 놈의 목을 가져다준다고 약속한 것으로 기억하는데."

"걱정하지 마십시오. 놈의 목은 반드시 떨어질 것입니다."

"아니, 생각이 바뀌었어."

"예?"

"생포하도록 해. 놈의 얼굴을 봐야겠어. 기왕이면 살려달라고 사정하는 모습을 보고 싶군."

"……."

"왜 말이 없어? 설마 할 수 없다는 말은 아니겠지?"

"아닙니다. 생포하도록 하겠습니다."

그것이 얼마나 어려운 일이지 알면서도 태사는 거부할 수가 없었다. 아니, 거부할 이유가 없었다. 어차피 그의 바람은 이루어질 수 없는 것이었으니까.

"기쁘게 기다리도록 하지."

조고가 만족한 미소를 지으며 술잔을 들자 시녀가 얼른 술을 따랐다.

바로 그때였다.

피투성이가 된 전령이 전망대를 향해 달려왔다.

태사가 그를 가로막으려던 호위병에게 손짓하여 물러나게 했다.

"그, 급보입니다."

조고 앞에서 무릎을 꿇은 전령은 금방이라도 숨을 멈출 듯 거친 숨을 몰아쉬고 있었다.

"급보? 뭔 소리야?"

조고가 짜증나는 음성으로 소리쳤다.

"처, 천무장이 곡부 외곽에 모습을 드러냈습니다."

"뭣이라! 곡부에?"

육중한 몸이 지금처럼 빠르게 반응한 적은 근래에 없었다.

벌떡 일어난 조고가 전령을 잡아먹을 듯 노려보며 소리쳤다.

"다시 지껄여 봐라. 정녕 천무장 놈들이 곡부에 나타났단 말이냐?"

"그, 그렇습니다."

"이게 대체 어찌 된 일이야, 태사? 놈들은 분명 동곽에 있다고 했잖아."

조고가 적이 코앞에 들이닥쳤다는 말에도 별다른 반응을 보이지 않고 있는 태사를 향해 거칠게 소리쳤다.

"역 정보에 당한 것 같습니다."

"역 정보라니?"

"일부만 동곽에 머물면서 자신을 노출시키고 주력은 은밀히 이곳으로 이동한 것 같군요."

"그걸 지금 말이라고 하는 거야?"

"죄송합니다."

태연자약한 태사의 태도에 애써 화를 누른 조고가 나름 침착히 입을 열었다.

"대책은? 대책을 말해봐."

"놈들이 이곳에 도착을 하면 포위 공격을 하던 사사천교의 수하들이 오히려 양쪽에서 공격을 당하는 형태가 될 것입니다. 포위망에 갇혀 압사당할 위기에 처한 정무맹의 병력까지 완벽하게 부활하게 되겠지요. 그랬다 하더라도 그들의 전력은 크게 걱정할 것이 없습니다. 문제는 천무장의 전력. 천무장의 힘은 교주께서 알고 계신 것보다 배는 강합니다. 사사천교의 병력이 몽몽환을 복용하여 전력이 상승했다고 하더라도 상대가 되지 않을 정도로 강력하지요. 짧으면 반 시진, 길어야 한 시진 이내로 전멸을 면치 못하게 될 것입니다."

"그, 그러니까 대책을……."

태사는 조고의 말에 신경도 쓰지 않고 말을 이어갔다.

"천무장이 이곳에 도착을 한다고 해도 곧바로 싸움에 끼어들지는 않을 겁니다. 대신 자신들의 도착을 양측이 알도록 유도할 것입니다. 하면 싸움은 지금과는 비교도 되지 않을 정도로 처절하게 변하겠지요. 사사천교는 양쪽에서 합공을 당하지 않기 위해서 더욱더 거세게 몰아붙일 것이고 정무맹 또한 지원군이 도착할 때까지 어떻게든지 버티려고 할 테니까요."

태사가 언제부터인지 본교라는 말 대신 사사천교라는 말을 사용하고 있음을, 사사천교의 태사가 아니라 마치 제삼자의 입장에서 상황을 예측하고 있다는 것을 조고는 미처 눈치채지 못했다.

"천무장이 본격적으로 싸움에 개입하는 것은 정무맹의 피해가 극대화되었을 때입니다. 말 그대로 극적인 연출을 하는 것이지요. 살아남은 사람이 천무장에 대해 얼마나 우호적이 될지 상상도 안 가는군요. 정무맹에 최대한의 피해를 강요하면서 오히려 그들의 절대적인 신임을 얻는 것. 대업의 시작으로서 그만한 밑그림도 없을 것입니다."

비로소 뭔가 이상하다는 것을 눈치챈 조고가 딱딱하게 굳은 얼굴로 태사를 노려보았다.

"무슨 소리지?"

"말 그대로 이곳에서 무림일통이란 대업의 밑그림이 그려지기 시작했다는 말입니다."

순식간에 전령의 목줄을 틀어쥔 태사의 입가에 진하디진한 미소가 지어졌다.

"대업의 밑그림이라……."

잘근잘근 입술을 깨물며 태사를 노려보던 조고가 전장으로 고개를 돌리며 물었다.

"하면 우리는 미끼에 불과했단 말이로군. 정무맹의 전력을 갉아먹기 위한."

"역시 폐인이 되었어도 순간적인 영특함은 어디로 가지 않았군요. 맞습니다. 미끼에 불과했습니다. 정무맹의 전력을 갉아먹기 위한 미끼. 더불어 우리에게 쏠린 이목을 돌리기 위함으로도 제격이었지요."

"우리라면 천무장을 말하는 거겠지?"

"그렇습니다."

조고의 볼살이 살짝 떨렸다.

"천무장이 장군가인가?"

"맞습니다."

태사는 더 이상 감출 이유가 없다는 듯 순순히 대답을 했다.

"그러니까 삼십 년 가까이 본교 부흥을 위해 죽을힘을 다하던 태사가 천무장이 심어놓은 간자라는 말이로군."

"……."

"이제야 정확하게 이해가 가. 본교가 어째서 정무맹과 그리 치열하게 싸우게 되었는지 말이야. 모든 것이 태사가 꾸민 일이로군."

"시작은 제가 하였으나 결정한 것은 교주시지요. 애당초 사사천교의 힘으로 정무맹을 친다는 것 자체가 말도 안 되는 소리였습니다."

"하지만 지금까지 놈들과 대등하게……."

조고의 얼굴이 딱딱하게 굳었다.

"이제 이해가 되셨군요. 은밀히 움직인 천무장의 정보력과 힘이 아니었으면 어림도 없는 일이었습니다. 참고로 말씀드리자면 몽몽환과 화탄 또한 천무장에서 나온 것입니다."

"큭큭큭! 크하하하!"

조고의 입에서 괴소가 흘러나왔다.

미친 듯이 웃어대던 조고가 태사의 눈동자에 살짝 나타났다가 사라진 연민의 빛을 확인하곤 정색을 했다.

"어째서 그런 눈빛으로 보는 것이지? 그 오랜 세월 동안 완벽하게 나를, 본교를 속이며 장군가의 희생물로 키워온 그대가 말이야. 왜? 그래도 지내온 정이 있다고 죄책감이라도 드는 건가?"

"……."

"왜 말이 없지? 나 따위는 언제든지 밟아죽일 수 있다는 건가? 크크, 이런 상황에서도 꼼짝 않고 있는 저놈들을 보니 이미 태사의 수중에 넘어간 모양이군. 버러지 같은 놈들."

조고가 전망대 밑에서 침묵을 지키고 있는 호위병들을 죽일 듯이 노려보았다.

"원한다면 살려줄 수도 있습니다, 교주."

"살려준다? 나를?"

조고가 코웃음을 치며 물었다.

"그렇습니다."

"그걸 어찌 믿지? 삼십 년 가까운 세월 동안 본좌를 속여왔거늘."

"살아 있으나 죽어 있으나 별 의미가 없기 때문입니다. 살아 있다고 해도 교주께선 아무것도 할 수 없을 테니까요."

"태사!"

조고의 눈에서 살광이 뿜어져 나왔다.

눈빛으로 사람을 죽일 수 있다면 태사는 이미 수십 번도 죽고 남았을 터. 그럴 힘이 없음에 조고는 치미는 화를 참지 못하고 온몸을 부르르 떨었다.

"마지막으로 묻겠습니다. 사사천교의 교주로 죽겠습니까? 아니면 영원히 침묵하며 살겠습니까?"

"내 비록 이 꼴이 되었지만 명색이 사사천교의 교주다. 배신자 따위에게 목숨을 구걸하진 않아."

조고의 얼굴을 물끄러미 쳐다보던 태사는 그의 표정에서 강한 의지를 읽고는 살짝 한숨을 내쉬었다. 그렇다고 두 번의 아량은 베풀 마음은 없었다.

"그럼 죽으시오."

태사의 말이 끝나기가 무섭게 조고의 옆구리에 단검 하나가 박혔다.

"컥!"

조고의 입이 쩍 벌어지며 탁한 비명이 흘러나왔다.

"네, 네년이!"

조고는 자신의 옆구리에 단검을 박고 부들부들 떨고 있는 시녀의 목덜미를 움켜쥐었다.

태사의 명으로 조고를 암습하기는 했으나 별다른 무공이 없던 그녀는 조고의 힘을 감당하지 못하고 이내 목이 부러져 절명하고 말았다.

축 늘어진 시녀의 시신을 거칠게 던져 버린 조고의 입에서 괴소가 흘러나왔다.

"크흐흐흐! 여, 옆에 있던 계집까지 간자일 줄은 몰랐군."

"옆에 있던 계집뿐만 아니라 교주의 주변에 있는 모든 이가 노부의 수족이라 보면 될 것입니다."

태사가 담담히 대꾸했다.

"그, 그 병신 같은 놈들이 네놈이 장군가의 간자라는 것을 알면서도 따랐단 말이냐?"

"그렇지는 않습니다. 노부가 장군가에 속한 사람이라는 것을 아는 사람은 그야말로 극소수에 불과하지요. 다들 교주님의 행동에 실망하여 노부를 따른 것입니다. 뭐, 그렇게 만든 사람이 노부이긴 하지만 폐인이 되었다고 해도 교주께서 조금만 더 정신을 차렸다면 이리 쉽게 사사천교를 장악하지는 못했을 것입니다. 은밀히 제거된 목추경 장로처럼 끝까지 충성을 받치는 이들이 존재했으니까요."

"목… 추경의 죽음도 네놈 짓이더냐?"

"직접 손을 쓴 것은 아니나 결과적으로 노부가 시킨 일이니 그렇다고 볼 수 있습니다."

"크크! 충신… 을 몰라보고 너처럼 간… 신을 중용했으니 죽어도 싸단 말이군. 쿨럭!"

기침을 하는 조고의 입에서 검붉은 핏물이 뿜어져 나왔다.

"끄으으으."

조고가 고통스런 비명을 지르며 몸을 비틀었다.

그것이 단검에 발라져 있는 독의 영향이라는 것을 알고 있던 태사가 조고에게 다가갔다.

"편히 보내드리겠습니다. 그것이 교주에 대한 노부의 마지막 배려입니다."

태사의 말에 금방이라도 숨이 끊어질 듯 고통스런 얼굴을 하고 있던 조고가 하얗게 웃었다.

"배… 려? 좋지. 기… 왕에 배려를 하려면 끄, 끝까지 해라."

왈칵 피를 토해낸 조고가 피 묻은 손으로 품을 뒤졌다. 그리곤 핏빛으로 빛나는 작은 막대기 하나를 꺼내 들었다.

태사의 안색이 살짝 변했으나 이내 평정심을 되찾았다.

"혈뢰통(血雷筒)이군요."

"그렇… 다. 네놈이 본… 좌에게 직접 바친 물건이지."

마지막 불꽃을 태우는 것인지 조고의 안색에 한결 밝아졌다.

"크크크! 어떠냐? 함께 저승길로 보내주기엔 이… 만한 물건도 없음이야."

조고가 괴소를 터뜨리며 혈뢰통을 태사에게 겨눴다.

"가능하다 보십니까?"

"재주껏 피해봐라."

차갑게 외친 조고가 손잡이 부분에 살짝 튀어나온 부분을 눌렀다.

날카로운 금속음과 함께 조고는 붉은 기운이 하늘을 뒤덮는 듯한 착각에 빠졌다.

자신만만한 태사의 모습에 살짝 불안감이 있었지만 언젠가 보았던 혈뢰통의 위력을 믿었다.

믿음은 배신하지 않았다.

태사의 몸이 천천히 기울어졌다.

조고의 입가에 회심의 미소가 지어졌다.

천천히 눈이 감겼다.

죽음이 다가왔지만 두렵지는 않았다.

배신자를 처단했다는 일말의 위안에 마음이 편안했다.

쿵.

묵직한 소리와 함께 조고의 몸이 바닥으로 쓰러졌다.

"쯧쯧, 그러게 설명을 제대로 들으셨어야지요. 혈뢰통은 교주께서 적에게 사로잡혔을 때 사용할 수 있는 최후의 한 수라 했습니다. 적을 공격하는 것이 아니라 적으로 하여금 스스로 자폭하게 유도하는 물건이라고요."

태사는 조고의 온몸을 덮고 있는 붉은 강침을 바라보며 한숨을 내쉬었다.

치명적인 독에 중독이 됐고 죽음을 코앞에 둔 상황이었기에 그 많은 강침이 몸에 박혔음에도 고통을 느끼지는 못했을 것이다. 아울러 편안하기 그지없는 얼굴을 보면 자신의 공격이 성공했다는 확신을 한 것 같았다.

"어쨌든 편안히 가셨으면 그것으로 됐습니다, 교주."

태사는 조고의 시신에 머리를 조아리며 마지막 예를 다했다.

"후우! 후우!"

유대웅의 입에서 거친 숨이 흘러나왔다.

들썩이는 어깨, 이마에선 굵은 땀방울이 흘러내리고 피로 물든 의복은 갈가리 찢겨져 있었다.

유대웅이 잔뜩 지친 얼굴로 주변을 둘러보았다.

운무잠룡대진이 무너지고 사사천교의 정예들이 대대적인 공격을 시작한 지 이각여가 흘렀다.

하나를 쓰러뜨리면 둘, 셋이 들이치는 어마어마한 물량공세가 끊임없이 이어졌다.

무수히 많은 적을 쓰러뜨렸음에도 공세는 멈출 줄 몰랐다.

운무잠룡대진에 시달리느라 많은 힘을 소모한 정무맹과 군웅들은 압도적인 병력으로 공격을 해오는 적들을 상대로 아득한 절망감을 맛보아야 했다.

그럼에도 포기하지 않고 정말 필사적으로 싸웠다.

하지만 시간이 갈수록 피해는 쌓여가고 개개인의 피로도

는 극심해졌다.

"심각하군."

유대웅은 아군의 움직임이 눈에 띄게 느려지고 피해가 급증하는 것을 보며 입술을 꽉 깨물었다.

운무잠룡대진을 뚫느라 당한 내상을 제대로 다스리지 않은 상태에서 만만치 않은 적을 만나는 바람에 지금은 움직이기가 힘들 정도로 몸이 무거웠다.

그렇지만 몸을 추스를 시간이 없었다. 쉬고 있기엔 상황이 너무 좋지 않았다.

유대웅이 묵검단을 향해 걸음을 옮길 때 지친 다리를 잡는 손이 있었다.

유대웅의 눈이 발밑으로 향했다.

방금 전 숨통을 끊었다고 여긴 적의 손이 발목을 잡고 있었다.

"어… 딜 가느냐? 노부… 와의 싸움은 아… 직 끝… 나지 않았… 다."

의식이 있다는 것 자체가 기적일 정도로 몸은 이미 만신창이가 되었고 움직일 수 있는 것은 유대웅의 발목을 잡은 팔 하나뿐이었으나 손엽의 투혼은 아직 죽지 않았다.

유대웅이 물끄러미 손엽을 응시했다.

도대체 어떤 믿음이 죽음을 앞둔 상황에서까지 전의를 불태우게 하는지 이해를 할 수가 없었다.

단순히 몽몽환을 복용했기 때문이라고는 받아들일 수가 없었다.

생각은 거기까지였다.

그에게 지금 적에게 아량을 베풀 여유가 없었다.

초천검이 움직이고 발목을 잡고 있던 손엽의 팔이 그대로 잘려 나갔다.

손엽의 입에선 아무런 신음도 흘러나오지 못했다.

그의 의식이 살아 있었던 것은 유대웅의 발목을 잡고 마지막 말을 내뱉던 그 순간까지였다.

묘강과 손엽을 싸늘한 주검으로 만들고 다시금 전장에 뛰어들던 유대웅이 비틀거리는 당학운을 발견하곤 깜짝 놀라 달려갔다.

"괜찮으십니까?"

"괜찮네."

당학운이 쓰게 웃으며 말했으나 괜찮을 수가 없었다.

오른쪽 가슴에 사선으로 큰 자상이 있었고 왼쪽 어깨도 살이 뭉텅이로 잘려 나간 상태였다.

급한 대로 지혈은 한듯 싶었지만 한눈에 보기에도 보통 상처가 아니었다.

유대웅은 도대체 어떤 상대가 당학운을 이 지경까지 몰고 갔는지 궁금했다.

유대웅의 마음을 읽은 것인지 당학운이 오 장 정도 떨어진 곳에 널브러진 시신을 가리켰다.

"사사천교의 장로라고 하더군. 생각보다 몹시 강한 자였네. 노련하기까지 했고."

당학운은 죽는 순간까지 치명적인 한 수를 숨기고 함정을 팠던 시량의 교활함에 치를 떨었다.

만약 시량이 판 함정을 조금만 늦게 간파를 했다면, 그것을 역으로 이용하여 역공을 펼치지 않았다면 최소한 동귀어진을 면키는 힘들었을 것이다.

생각만으로도 식은땀이 흘렀다.

"움직이실 수 있겠습니까?"

유대웅이 물었다.

"물론이네."

당학운이 애써 밝은 목소리로 대답하자 유대웅이 정색을 하며 다시 물었다.

"솔직하게 말씀해 주십시오."

가만히 유대웅의 얼굴을 보던 당학운이 무겁게 고개를 흔들며 가슴에 난 상처를 가리켰다.

"힘들 것 같군. 생각보다 피를 너무 많이 흘렸어."

예상했던 대로 당학운의 부상이 심각하다는 것을 확인한

유대웅이 주변을 돌아보았다.

원진은 이미 무너진 상황이었고 피아 구분 없이 한데 뒤엉켜 전장은 그야말로 난리도 아니었다.

사사천교의 파상공세에 다들 제 한 몸 가누기도 힘들 정도인지라 도움을 기대하는 것도 사실상 불가능했다.

잠시 생각에 잠겼던 유대웅이 당학운을 업었다.

당황한 당학운이 거부하려는 몸짓을 하였으나 유대웅의 거친 힘을 막을 여력이 그에겐 없었다.

넝마가 된 상의를 찢어 당학운을 단단히 고정한 유대웅이 묵검단이 몰려 있는 곳으로 이동했다.

"작은 할아버지!"

묵검단과 함께 싸우고 있던 당소진이 피투성이가 된 당학운을 보며 깜짝 놀라 달려왔다.

"괜찮다. 조금 다쳤을 뿐이니 걱정하지 말거라."

당학운의 웃음에도 당소진은 굳은 얼굴을 펴지 못했다.

"저희가 모실게요."

당소진이 유대웅에게 말했다.

유대웅이 고개를 흔들었다.

"제가 하지요. 그게 더 안전합니다."

"하지만……."

마음과는 달리 당소진은 말을 잇지 못했다.

현재 당가의 사정은 상당히 좋지 않았다.

일전에 맹량산에서 당가의 정예 대부분이 목숨을 잃었고 이번 싸움에서도 이미 많은 피해를 당했다.

이제 남은 인원이라 해봐야 당소진을 포함하여 다섯이 채 되지 않았는데 그나마도 크고 작은 부상을 당한 상태였다.

그들의 힘으로 거동이 힘든 당학운을 무사히 지킨다는 것을 불가능에 가까운 일이었다.

선택의 여지가 없었다.

"그럼 부탁드릴게요."

당소진이 머리를 숙였다.

바로 그때였다.

좌측에서 커다란 함성이 들리는가 싶더니 지금껏 잘 버티던 금검단이 급격히 무너지기 시작했다.

"큰일 났군. 한번 터진 둑은 막을 방법이 없거늘."

당학운이 힘들게 고개를 쳐들며 말했다.

"더 이상 버티는 것은 무리입니다. 아무래도 탈출을 생각해야 할 것 같습니다."

"할 수만 있다면 진즉에 했지. 그게 불가능하니까……."

"아니요. 가능성이 있습니다."

유대웅과 당학운의 고개가 동시에 돌아갔다.

그들 앞에 온몸을 피로 물들인 영영이 가쁜 숨을 몰아쉬고 있었다.

"천무장이 곡부 안쪽으로 도착했다는 소식이 전해졌어요."

"천무장이?"

당학운이 반색을 했다.

"예, 저들도 천무장이 도착을 했다는 것을 알 것이고 그리되면 자연히 병력을 분산할 수밖에 없지요. 특히 천무장이 오고 있는 쪽으로 많은 병력을 이동시킬 거예요."

"곡부쪽이라면 동쪽인가?"

유대웅이 몸을 돌리며 물었다.

"예."

"그럼 우린 반대쪽을 뚫고 나가면 되겠군."

유대웅은 방금 전 묘강과 손엽을 쓰러뜨린 방향을 바라보며 눈빛을 빛냈다.

자신을 합공했던 이들의 실력을 감안해 보면 모르긴 몰라도 사사천교에서도 최고의 실력자들일 터. 그들 둘이 한꺼번에 쓰러졌다는 것은 굳이 천무장이 개입을 하지 않더라도 서쪽의 포위망이 가장 약해졌다는 것을 의미했다.

그런 상황에서 병력까지 분산된다면 포위망을 뚫을 가능성이 더욱 높아졌다.

"즉시 우리의 생각을 전해. 서쪽으로 힘을 모은다."

"알겠습니다."

영영이 황급히 물러나자 당학운이 심각한 피해를 당하고 있는 금검단 쪽을 바라보며 말했다.

"과연 저들이 우리의 생각을 지지해 줄까?"

"거절하면 단독으로라도 움직일 생각입니다. 애당초 이런 싸움은 의미가 없었습니다. 어떻게든지 힘을 모아 포위망을 뚫었어야 했어요. 쓸데없는 자존심, 고집을 세우느라 피해만 훨씬 커졌습니다. 이제는 그런 의견 따위는 따르지 않을 생각입니다. 싫다고 하면 버리고 가면 그뿐입니다. 오히려 일은 더 쉽겠네요."

차갑기 그지없는 유대웅의 말에 당학운은 아무런 말도 할 수가 없었다.

문득 운무잠룡대진을 무너뜨린 공을 애써 폄하하며 죽으면 죽었지 적에게 등을 보이진 않겠다고 선언한 오명종의 얼굴이 떠올랐다. 당시 별다른 말은 하지 않았지만 지금 유대웅의 반응을 보건데 꽤나 기분이 상했음을 느낄 수 있었다.

유대웅의 의견을 따른 것은 누구보다 유대웅의 실력을 믿고 있었던 팽가와 몇 남지 않은 군웅들뿐이었다.

관지림이 설운림에게 목숨을 잃고 나머지 노사들마저 사사천교의 노고수들에게 힘없이 무너지면서 사실상 전멸을 당한 금검단은 탈출을 하고 싶어도 기회 자체가 없었고 비교적 전력을 유지하며 선전하고 있던 오명종과 호검단은 유대웅의 제의를 거절했다.

단지 거절하는 정도에 그친 것이 아니었다.

분노에 찬 목소리로 비겁하게 탈출을 도모한다고 비난을 하여 적들에게 탈출 계획을 눈치채게 만드는 만행을 저질렀다.

결과적으로 유대웅의 계획은 실패했다.

오명종 덕분에 탈출 계획을 눈치챈 사사천교에서 묵검단 쪽으로 병력을 최대한 집중하여 기회 자체가 무산된 것이다.

유대웅과 팽도언이 경천동지할 고수라 해도 그 둘은 이미 운무잠룡대진을 파해하는 과정에서 상당한 내상을 당했고 이후의 격전에서 또다시 부상을 당하고 말았다. 게다가 당학운마저 치명적인 부상을 입고 유대웅에게 업힌 상태에서 진정한 고수라 할 수 있는 사람은 영영뿐이었다.

문제는 영영에 비할 바는 아니더라도 사사천교에는 실력과 연륜을 갖춘 고수들이 다수 존재한다는 것. 도저히 뚫고 나갈 방법이 없었다.

"빌어먹을!"

자신을 향해 벌떼처럼 달려드는 사사천교의 무인들을 무참히 쓰러뜨린 유대웅의 입에서 욕설이 튀어나왔다.

오명종의 농간으로 탈출 계획은 이미 실패를 하고 말았고 시시각각 피해가 늘고 있었다.

묵검단은 물론이고 화산파 제자들의 피해도 상당했다.

화산에서 하산을 하고 장강을 통일하는 과정에서 수많은 위기를 겪었지만 지금처럼 무기력하게 당한 적은 단 한 번도 없었다.

참기 힘든 분노가 저 밑바닥에서부터 끓어올랐다. 그럼에도 뭔가를 해볼 여력이 없다는 것이 그를 절망케 했다.

"노부를 내려놓게."

당학운이 유대웅의 어깨를 가볍게 두드리며 말했다.

"자네는 이곳에서 허무하게 쓰러지면 안 되네. 화산은 물론이고 장강에서 자네를 기다리는 이들을 생각해야지."

"무슨 말씀을 하시려는 겁니까?"

"훗날을 도모해야 하지 않겠는가?"

"……."

"자네와 영영의 힘이라면 제아무리 견고한 포위망이라도 뚫을 수 있네. 모두를 데려갈 수는 없겠지만 최소한의 인원은 이곳을 벗어날 수 있어."

"어르신과 동료들을 외면하고 제 목숨만 챙기라는 말씀이십니까?"

유대웅이 허탈하게 웃으며 물었다.

"제가 그리할 것이라 생각하십니까?"

"사사천교가 문제가 아니네. 장군가를 생각하게. 진정한 원흉은 장군가가 아니던가?"

당학운의 떨리는 음성에 유대웅은 가만히 고개를 저었다.

"이만한 위기도 감당하지 못한다면 살아나간다 한들 의미가 없습니다. 게다가 동료들을 버리라니요. 못 들은 것으로 하겠습니다."

"하지만……."

"차라리 죽으라고 하십시오."

다소 화난 음성으로 대답한 유대웅이 신경질적으로 초천검을 휘둘렀다.

"으악!"

외마디 비명과 함께 은밀히 후미로 접근해 암습을 하려던 사내가 힘없이 쓰러졌다.

유대웅의 눈살이 확 찌푸려졌다.

눈앞의 사내는 자신이 쓰러뜨린 것이 아니었다.

그를 의식하고 초천검을 움직이기는 했지만 초천검이 사내에게 닿기 전, 그는 다른 힘에 의해 절명하고 말았다.

눈살을 찌푸린 유대웅이 자신의 목숨을 구해(?)준 자를 향해 고개를 돌렸다.

청년이었다.

자신과 비슷한 이십 중반의 청년.

"힘내십시오. 이제 곧 본 장의 무인들이 도착할 것입니다."

청년이 활짝 웃으며 말했다.

"천무장에서 왔습니까?"

유대웅이 물었다.

"예, 원래는 본대를 기다려야 하는데 상황이 좋지 않아 저희가 우선 나섰습니다."

유대웅이 청년의 시선을 따라 고개를 돌렸다. 과연 전장 곳곳에 지금껏 보지 못한 무인들의 활약이 확인되었다.

"후~ 천무장이 도착했군요. 이제 살았습니다, 어르신."

유대웅이 긴 한숨을 내쉬었다.

"그러게 말일세. 내 직접 보지는 못했지만 천무장의 실력에 대해선 익히 들었지. 아무튼 이렇게 와줘서 고맙네."

당학운이 청년을 향해 고개를 까딱였다.

"하하하! 천만의 말씀입니다. 오히려 너무 늦은 감이 있어 죄송스러울 뿐입니다."

순간, 유대웅의 눈빛이 살짝 흔들렸다.

호탕하게 웃는 청년의 얼굴이 어딘지 익숙하다는 느낌을 받은 것이다.

'어디선가 본 듯한 얼굴인데.'

아무리 기억을 더듬어 봐도 그와 만난 적은 없었다.

유대웅이 고개를 갸웃거리며 사내의 얼굴을 찬찬히 살피고 있을때, 동쪽에서 거대한 함성이 들려오더니 이내 학성촌 전체를 뒤덮었다.

"생각보다 빨리 도착했군요."

청년이 씨익 웃었다.

"다행일세. 정말 다행이야. 실례가 되지 않는다면 자네의 이름을 물어도 되겠는가?"

당학운이 환한 미소를 지으며 물었다.

"물론입니다, 어르신. 저는 북궁교라고 합니다."

"북궁 공자였군. 노부는 당학운이라 하네. 그리고 못난 늙은이를 업고 있는 이 친구는……."

"화산의 청풍이라 합니다."

유대웅이 포권을 했다.

"아! 청풍 도장님이셨군요. 명성은 익히 들었습니다."

북궁교가 약간은 과장된 몸짓으로 마주 예를 차렸다.

만검신군 북궁황(北宮皇)의 일족으로 위장하고 있는 천무장의 큰 아들 한교와 유대웅은 그렇게 첫 만남을 가졌다.

* * *

"교, 교주님은? 교주님은 어찌 되셨느냐?"

순우건의 외침에 그를 제압한 철검서생 사도연이 가만히 고개를 저었다.

"포로가 되기 직전 사사천교의 교주는 스스로 목숨을 끊었소."

"그, 그럴 수가……."

순우건은 망연자실한 표정으로 입을 쩍 벌렸다.

"그렇게 놀랄 것 없다. 어차피 같이 갈 황천길이니까."

번창이 코웃음을 치며 말했다.

순우건은 아무런 대꾸도 하지 않았다. 그저 눈을 감고 조고의 죽음에 애통해할 뿐이었다.

문득 태사의 모습이 떠올랐다.

교주가 목숨을 잃었다면 그의 곁을 지키고 있을 태사 역시 무사하지 못했을 터. 평소 약간은 소원한 관계이기는 했으나 멸문의 지경까지 이르렀던 사사천교를 지금의 모습으로 성장시킨 인물이 아니던가.

"하면 태사도 죽었겠군."

순우건이 긴 탄식을 내뱉었다.

"뭐, 그렇다고 보는 것이 맞을 것이오."

죽은 것도 아니고 그렇게 보는 것이 맞을 것이라니. 어딘지 이상한 대답이었다.

의혹 어린 표정으로 사도연을 바라보던 순우건.

뭔가를 본 것일까?

그의 눈이 찢어져라 부릅떠졌다.

"그, 그대는!"

순우건이 벌떡 일어나며 소리쳤다.

그의 목을 향해 섬전귀의 검이 번개같이 움직였다.

순우건의 목이 허공으로 치솟았다.

주인 잃은 몸뚱이는 누군가를 향해 손을 뻗은 모습 그대로 무너져 내렸다.

'잘 가게.'

어차피 죽을 목숨이기는 하였으나 정작 눈앞에서 순우건의 죽음을 목도하게 되자 태사의 표정도 과히 좋지 않았다.

"노부는 이만 물러나겠네. 그럴 리야 없겠지만 혹여 저들 중 나를 알아보는 이들이 있을지도 모르니까."

태사가 천무장의 수뇌들을 향해 다가오는 이들을 가리키며 말했다.

"예, 선배님. 그간 고생하셨습니다."

사도연을 비롯하여 식객청에 속한 고수들이 일제히 예를 올렸다.

묵묵히 고개를 끄덕인 태사는 씁쓸한 눈길로 학성촌 주변을 둘러보았다.

삼십 년 가까운 세월 동안 피와 땀을 바친 곳이었다. 비록 의도를 가지고 접근한 것이기는 해도 마음 한편 묘한 떨림이 일었다.

"하아."

태사가 장탄식과 함께 천천히 몸을 돌렸다.

그의 기분이 전해진 것일까?

쓸쓸한 태사의 뒷모습을 보는 사도연 등의 표정도 과히 좋지는 않았다.

심란한 기분도 잠시였다.

사사천교의 맹공을 끝까지 견디고 마침내 천무장의 도움으로 승리를 거머쥔 정무맹과 군웅들이 다가오고 있었다.

앞장서 도착한 북궁교가 팽도언을 소개했다.

"팽가의 가주십니다."

팽도언이 당당히 어깨를 피며 말했다.

"팽도언이라 하오."

"팽 선배님이셨군요. 사도연이라고 합니다."

사도연이 정중히 예를 차렸다.

"허허! 귀하가 무림에 명성이 자자한 철검서생이었구려. 이거 만나게 되어 영광이오."

"무슨 말씀을요. 허명일 뿐입니다. 팽가의 가주님을 뵙게 되어 오히려 제가 영광이지요."

사도연이 손사래를 치며 물러나자 옆에서 기다리고 있던

이들이 인사를 했다.
"개욱이라 합니다."
"파옥권!"
"번창입니다."
"허허! 섬전귀까지!"
팽도언은 비록 자신보다는 반 배분 정도 아래의 인물들이기는 하나 이미 무림에 혁혁한 명성을 떨쳤던 이들의 등장에 감탄을 금치 못했다. 게다가 그들 중에는 안면이 있는 사람도 있었다.
"오랜만입니다, 팽 선배."
"얘기는 전해 들었네만 설마하니 자네까지 천무장에 몸담고 있을 줄은 몰랐네."
팽도언은 오자인의 손을 마주잡고 감개무량한 표정을 지었다.
그도 그럴 것이 이미 그와는 삼십여 년 전, 함께 사사천교를 토벌한 남다른 인연이 있었다.
"다른 곳도 아니고 이런 곳에서 자네를 만나다니 인연이라는 것이 참 묘하군."
"그러게요. 삼십 년 전에도 그렇더니만 사사천교가 우리와는 인연이 많은 모양입니다."
오자인이 너털웃음을 지었다.

"질긴 악연도 인연이라면 인연인 셈이지."

"그런가요?"

팽도언과 오자인이 마주보며 웃었다.

"한데 뒤에 계신 분들은……."

사도연이 새로운 세력의 등장에 묘한 표정을 짓고 있는 오명종 등을 바라보며 말끝을 흐렸다.

"이런, 내 정신 보게. 자자, 인사들 하지."

"일해도문의 오명종이라 하오. 현재 정무맹의 장로직을 맡고 있소."

오명종이 다소 거만한 자세로 자신을 소개했다.

별다른 표정의 변화가 없는 사도연을 제외하고 다들 불쾌한 기색이 역력했다. 그래도 애써 내색하지 않고 나름 정중히 인사를 했다.

오명종을 시작으로 시작된 인사는 한참이나 계속되다가 당소진의 부축을 받고 도착한 당학운에 이어 부상에 시달리는 화산파 제자들을 돌보느라 뒤늦게 도착한 유대웅에 이르러서야 겨우 끝이 났다.

유대웅의 등장에 천무장 수뇌진들의 상당한 동요가 있었는데 특히 그의 실력을 한눈에 알아본 사도연은 믿기지 않는다는 눈으로 한참 동안이나 살피다 번창 등에게 한소리 듣고 나서야 시선을 돌릴 정도였다.

"그러니까 흉측한 몰골로 쓰러져 있는 저자가 바로 사사천교의 교주 조고란 말이구려."

팽도언이 온몸에 강침을 박고 쓰러진 조고의 시신을 가리키며 말했다.

숨이 끊어진 지 얼마 되지 않았음에도 이미 그의 몸은 곳곳에서 부패의 흔적이 보이고 있었다.

"그렇습니다. 가급적이면 사로잡으려고 하였으나 스스로 자폭을 하는 바람에 이런 모습이 되고 말았습니다."

사도연이 한숨을 내쉬며 말하자 송하연의 도움으로 조금은 신색을 회복한 당학운이 조고의 몸에 박힌 침을 가만히 살피며 말했다.

"강침도 강침이지만 침마다 극독이 발라져 있는 것 같소. 이처럼 빨리 부패하는 것도 독의 영향이고. 모르긴 몰라도 하룻밤만 지나면 형체도 찾아보기 힘들 정도가 될 것이오."

"지독한 놈. 하긴, 사로잡히는 것보다는 그냥 뒈지는 것이 나았겠지."

오명종이 조고의 시신을 향해 침을 내뱉었다.

몇몇의 얼굴이 살짝 찌푸려졌다.

시신에 함부로 침을 뱉는 것은 망자에 대한 예의가 아니었다. 게다가 상대는 명색이 사사천교의 교주가 아니던가.

그러나 조고가 어떤 만행을 저질렀는지 익히 알고 직접 격은 이들은 그에 대한 원한이 하늘을 찔렀다. 골백번을 찢어 죽여도 시원치 않으리란 생각을 하고 있었기에 오명종에 대한 행동을 오히려 당연시 여겼다.

"어쨌거나 교주가 목숨을 잃었으니 이것으로 사사천교는 완전히 끝장이 난 셈이로군."

팽도언의 말에 오명종이 고개를 흔들었다.

"아직은 모릅니다. 삼십여 년 전에도 같은 일이 있었지 않습니까? 하지만 저놈들은 들쥐보다도 질긴 생명력으로 살아남았습니다. 아직 잔당이 완전히 정리된 것도 아니지요. 후환이 남았는지 확실하게 확인을 해야 합니다."

"그때는 전 교주의 후인이 살아 있었으니 가능한 일이었소. 노부가 알기로 당금의 교주의 핏줄은 얼마 전 그 맥이 끊겼소."

당학운이 영영을 힐끗 바라보며 말했다.

"꼭 핏줄이 맥을 이으라는 법은 없지 않소?"

오명종은 여전히 의심스런 눈초리였다.

"너무 걱정하지 마십시오."

사도연이 슬쩍 끼어들었다.

"곡부로 진입을 하면서 놈들의 퇴로를 완벽히 차단한 상태였습니다. 게다가 몇몇 비밀 통로를 확보하고 이미 학성촌 밑의 지하성전까지 완벽하게 쓸어버렸습니다. 원래는 조금 더

일찍 도착할 수 있었지만 그런 연유로 다소 늦은 것입니다."

"흥, 결국 우린 재주만 부린 곰이 되고 말았군."

오명종은 자신들이 목숨을 걸고 싸움을 하는 동안 정작 사사천교의 총단을 쓸어버리고 교주의 목숨을 빼앗은 자들은 천무장이라는 것이 몹시 못마땅한 듯했다.

"그럴 리가요. 지하에 남은 병력은 극히 일부분뿐이었습니다. 교주를 지키는 자들 또한 예상보다 너무 적었지요. 모든 병력은 이곳 학성촌에 집결시킨 상황이었습니다. 만약 여러분들의 힘이 아니었다면 이토록 손쉽게 적을 제압할 수는 없었을 것입니다. 사사천교의 암계에 우리 또한 엄청난 피해를 당했겠지요."

"맞소이다. 천하의 당 선배가 이만한 부상을 당했다는 것을 감안하면 얼마나 치열한 싸움이었는지, 여러분들이 어떠한 각오로 싸움을 하였는지 능히 알 수가 있습니다."

오자인의 말에 당학운이 겸연쩍은 표정을 지었다.

"크, 좀 심하게 당하긴 했지."

"자자, 공치사는 이만들 하면 된 것 같소이다. 지금 급한 것은 부상자들을 치료하고 안타깝게 희생당한 이들의 주검을 수습하는 것이라고 보오."

팽도언의 말에 사도연이 공감을 표했다.

"맞습니다. 더불어 적들의 시신도 어느 정도는 수습을 하는 것이 좋을 듯싶습니다. 다른 곳도 아니고 곡부입니다. 이대로 방치할 수는 없다고 봅니다."

"옳은 생각이오. 하지만 우리는 솔직히 거기까지는 여력이 없으니……."

"걱정 마십시오. 저희가 책임지도록 하겠습니다. 아, 그리고 부상자들의 치료도 돕도록 해주십시오. 제법 용한 의원들 몇을 대동하고 왔습니다."

"우리야 고마울 뿐이오."

의원이라는 말에 팽도언이 반색을 했다.

"그리고 잠시 후에 가주님을 비롯하여 여러분을 모시고 싶습니다. 자리가 좀 그렇기는 하나 그래도 조촐한 자축연이라도 있어야 하지 않겠습니까?"

"좋은 생각이오. 이 피비린내를 어찌 없앨까 걱정하던 참이었소."

팽도언이 엄지손가락을 치켜들며 지지를 보냈다.

장난기 어린 그의 행동에 좌중에서 웃음이 터져 나왔다.

그 웃음은 학성촌을 그야말로 시산혈해로 만들었던 처절한 혈투가 완전히 끝났음을 선언하는 듯한 웃음이었다.

第十七章

천라지망(天羅地網)

"준비는 끝난 건가?"

풍도가 물었다.

"모든 배치를 끝냈습니다. 명이 떨어지는 즉시 파상공세가 시작될 것입니다."

하용걸이 은밀함을 생명으로 하는 살수의 목소리라곤 생각할 수 없을 정도로 우렁차게 대답했다.

"혈사림주의 위치는?"

"첫 공격 시점에서 한 시진 거리에 도착했습니다."

풍도가 서쪽으로 기울어지고 있는 해를 슬쩍 바라보며 말했다.

"한 시진이면 해가 완전히 떨어진 다음에 도착한다는 말이군."

"그렇습니다."

"어둠이 돕는다면 그나마 가능성이 높아지기는 하겠어. 그래봤자 눈곱만큼이겠지만."

"예, 호위들의 수만이라도 줄이면 다행이지요."

고개를 끄덕인 풍도가 다시 물었다.

"뇌화문에서 조달한 폭약은 제대로 전달한 것이겠지?"

"실력이 떨어지는 놈들은 아예 배제를 하고 그래도 제법 한다하는 조직에만 할당했습니다."

"수고했어. 설유."

"예, 문주님."

"어디쯤에서 노리는 것이 좋을까?"

설유의 입에서 한숨이 흘러나왔다.

"꼭 그러셔야겠습니까? 지금이라도 생각을 돌리시는 것이 어떠신지요."

"아니. 지금의 내 실력을 정확하게 알아보고 싶다고 했잖아. 음, 수백 명으로 공격을 해놓고 허점을 노리면서 할 소리는 아닌가? 어쨌건 한 번은 부딪쳐 보고 싶다."

"그렇군요."

풍도의 결심을 바꿀 가능성이 없다는 것을 판단한 설유는 이내 입을 다물었다.

"생각해 놓은 장소는 있겠지?"

"예, 문주님도 복안이 있으시리라 봅니다만."

"물론. 우선 얘기를 듣고 싶군. 어디가 좋을까?"

설유가 입을 열려는 찰나 풍도의 입도 열렸다.

"신농계(神農溪)."

"신농계."

풍도와 설유의 입에서 같은 이름이 흘러나왔다.

"내 생각과 일치하는군."

설유가 누런 이를 보이며 웃었다.

"잊으셨습니까? 문주님께 처음 살예를 가르친 사람이 이 늙은이였습니다."

"맞아. 그랬지."

어릴 적 추억을 떠올린 것인지 풍도의 입가에 기분 좋은 미소가 떠올랐다.

하지만 대화를 듣고 있던 문곡성은 고개를 갸웃거렸다.

"신농계라면 그 깊이가 너무 얕아 암습하기는 그리 좋은 조건은 아닙니다."

"그러니까 최적의 장소라는 것이지. 상대 역시 같은 생각을 할 테니까. 계속되는 암습에 혈사림주는 꽤나 지쳐 있을 거다. 특히 신농계로 접어들기 바로 전에 부딪쳐야 할 살수들의 실력을 감안하면 특히나 더."

"그럴수록 의심을 하지 않겠습니까?"

풍도가 고개를 흔들었다.

"주의는 하겠지만 아까 말한 대로 수심이 얕다는 것이 함정이라면 함정이지."

"모래 바닥 속에 숨어계시겠다는 말씀이군요."

"그래. 바로 그곳에 숨어서 놈을 기다릴 생각이다. 참고로 거긴 모래 바닥이 아니야. 자갈이던가?"

풍도가 설유에게 고개를 돌리며 물었다.

"모래와 자갈이 골고루 섞여 있습니다. 참고로 기왕 노리신다면 지금 즉시 움직여야 합니다."

"같은 생각이야. 뒤는 설유에게 맡기지."

"알겠습니다."

장소 선택엔 의문을 제기했던 문곡성과 하용걸은 둘의 대화를 이해했는지 고개를 끄덕였지만 먼발치에서 듣고 있던 사농은 그렇지 못했다.

'신농계라면 꽤 먼 곳인데 벌써부터 움직이실 필요는…….'

강한 의구심이 들었으나 그렇다고 함부로 질문을 던질 수는 없었다.

문주가 결정하고 칠원성군이 이에 동의를 했다는 것은 자신이 모르는 어떤 의미가 숨어 있는 것이 틀림없기 때문이었다.

* * *

"저곳은?"

능위가 금방이라도 무너질 듯한 건물 하나를 가리키며 말했다.

"유송객점(誘送客店)입니다."

능위의 호위를 책임지고 있는 요언(堯堰)이 얼른 대답했다.

"잠시 머물렀다 가도록 하자."

"예정에 없던 곳입니다. 림주께서 머무실 곳은 반 시진 정도는 더……."

능위가 요언의 말을 잘랐다.

"아직 느끼지 못한 것이냐?"

"예?"

"유흥거리가 있을 것 같구나."

순간, 요언의 표정이 살짝 굳었다.

"하오면?"

"그래. 이제 시작인 셈이다. 언제 시작될까 꽤나 기다렸다.

큭, 과연 어떤 놈들이 본좌를 기다리고 있을지 기대가 돼."

목이 타는 듯 입술을 살짝 핥는 능위의 눈동자에 잠시 혈광이 비쳤다.

"림주님을 뵙기도 전에 모조리 명줄이 끊길 것입니다."

요언이 사위를 노려보며 말했다.

"그게 그리 쉬울까? 알지 않느냐. 본좌를 노리는 살수들이 얼마나 많은지를. 흑비조에서 올라온 정보가 틀리지 않는다면 적어도 오륙백 이상은 된다고 했다."

"호위병력을 더 늘렸어야 했습니다."

요언은 능위가 자신의 건의를 몇 번이나 묵살했다는 것을 떠올리며 한숨을 내쉬었다.

"쯧쯧, 다른 놈은 몰라도 네놈은 이번 무이산 행이 본좌에게 어떤 의미가 있는지를 안다고 여겼건만."

능위의 음성에 살짝 짜증이 묻어 있다는 것을 느낀 요언이 얼른 고개를 숙였다.

"소, 송구합니다."

"그러니까 그 얘기는 그만해라. 밥만 축내는 노물들이야 그저 본좌가 광의를 만난다는 핑계를 대고 한가롭게 유람이나 한다고 여기겠지만 말이다. 크크크."

유송객점을 지그시 바라보는 능위의 입에서 괴소가 흘러나왔다.

"자, 가자. 본좌에게 즐거움을 주기 위해 노력하는 놈들이다. 더 이상 기다리게 하는 것도 예의는 아니지 않겠느냐?"

능위는 입가에 진하디진한 미소를 머금으며 유송객점을 향해 발걸음을 내딛었다.

"아, 참고로 말해두지만 물러서라는 말은 하지 않겠다. 본좌를 치기 위해서라도 네놈들도 같이 노릴 테니까 말이다. 단, 본좌의 몫은 건드리지 마라. 이건 명령이다."

"존명."

요언은 감히 불만을 드러내지 못하고 명을 받았다.

"어서 오십……."

오랜만에 찾아온 손님을 반갑게 맞이하던 유송객점의 주인 육삼은 능위를 필두로 일단의 무리들이 우르르 몰려들자 당황한 기색이 역력했다.

"음, 생각보단 좁군. 이봐, 주인."

"예? 예. 어르신."

이제 갓 서른 남짓한 육삼이 허리를 굽히며 달려왔다.

"너무 그렇게 긴장하지 마라. 그저 가볍게 요기나 하고 갈 생각이니까."

"예, 예."

육삼은 행여나 트집이 잡힐까 납작 엎드린 자세였다.

"무슨 술이 있지?"

"호, 홍고량주가 있습니다."

"그것 몇 병 내와 봐. 적당히 안주도 준비하고."

"죄송합니다만 술은 몰라도 이 많은 분의 안주까지 준비하려면 시간이……."

요언이 말을 잘랐다.

"우린 됐다. 이분께만 내오거라."

"아, 알겠습니다."

요언의 무심하면서도 살벌한 눈초리에 기겁을 한 육삼이 황급히 주방으로 달려갔다.

언뜻 주방을 살펴보니 부인인 듯한 여인이 벌써 불을 지피고 솥에 기름을 두르고 있었다.

"저 주인 부부 말이다."

"예."

"살수일까, 아닐까?"

능위의 물음에 요언은 단호히 고개를 저었다.

"아닙니다. 대신 저놈이 의심스럽습니다."

요언이 주방에서 잔심부름을 하고 있던 사내를 가리켰다.

"그럴까? 뭐, 그럴 수도 있겠고."

알 듯 말 듯한 미소를 지은 능위가 객점 밖으로 시선을 돌렸다.

인근 마을의 농부인 듯한 노인이 나귀 한 마리를 힘겹게 끌고 가는 중이었는데 나귀 앞에 매달은 호롱불이 위태롭게 흔들렸다.

"어설픈 놈들도 있고 사이사이에 제법 뛰어난 놈들도 있단 말이지. 본좌에게 혼란을 주기 위함인가? 재밌군. 아주 재밌어."

음식은 생각보다 빨리 나왔다.

김이 모락모락 올라오는 만두와 잘 볶은 돼지고기, 엷은 기름이 둥둥 떠 있는 탕국, 온갖 양념을 곁들인 잉어찜과 더불어 몇몇 밑반찬까지. 그만하면 허름한 객점에서 만날 수 있는 최상의 음식이라 할 수 있었다.

"주향도 제법이고."

능위는 요언이 말릴 사이도 없이 잔을 비웠다.

"림주님!"

요언이 기겁하여 소리쳤다.

술에 독은 없는지, 음식에 수상한 짓은 하지 않았는지 최소한의 확인이라도 해야 했지만 능위는 아예 신경조차 쓰지 않는 듯 보였다.

"왜? 독이라도 있을까 봐?"

"그, 그게……. 때가 때이니 만큼 확인을 하는 것이 좋을 듯싶습니다."

요언은 술은 물론이고 이미 음식들을 입에 넣고 있는 능위의 모습에 당황함을 금치 못하고 있었다.

"쓸데없는 소리 하지 말고. 다들 한 잔씩 해."

"그건 안 됩니다, 문주님."

요언이 당치도 않다는 표정으로 말했다.

"허! 미친 거냐, 아니면 겁대가리를 상실한 거냐? 감히 본좌의 말을 거부하다니."

능위가 싱글거리며 물었다.

요언은 싱글거리는 눈동자에 흐르는 섬뜩한 기운에 등줄기가 서늘했다.

웃으면서 수하의 목을 비틀어 버릴 수 있는 인물이 다름 아닌 능위였고 이미 그 같은 광경을 수도 없이 목도를 하지 않았던가.

하지만 호위대의 임무는 어디까지나 문주의 안위를 도모하는 것. 술은 그들의 임무를 위해 가장 금기시해야 할 음식이었다.

"리, 림주님의 말씀을 거역하는 것은 아닙니다. 다만 호위대로서 임무가 중하기 때문에……."

요언이 더듬거리며 대답을 하자 피식 웃음을 터뜨린 능위가 손사래를 쳤다.

"누가 취하도록 먹으란 말이더냐? 그간 고생했으니 가볍게 한 잔씩 하면서 목이나 축이라는 것이지. 이만큼이나 풍족하게 술을 내온 주인의 심정도 생각해 줘야 할 것 아니냐?"

순간, 주방 앞에서 양손을 공손히 모으고 있는 육삼의 몸이 살짝 떨렸다.

"림주님께서 허락하셨다. 다들 목을 축이도록 해라."

요언이 능위를 중심으로 엄중히 경계를 펴고 있는 수하들을 둘러보며 말했다.

호위대는 능위의 배려에 감사하며 단숨에 잔을 비웠다.

대부분의 대원이 원래의 자세로 돌아갔지만 몇몇은 때마침 육삼의 부인이 그들을 위해 내어온 안주를 집어 들었다.

"거기까지."

툭 던진 능위의 한마디에 안주를 집던 대원들의 움직임이 그대로 멈췄다.

능위가 허락한 것은 술이지 안주가 아니라는 생각을 한 요언의 얼굴이 창백해졌다.

변덕스런 능위의 성격이 또다시 나온다고 여긴 것이다.

"죽고 싶으면 먹어도 된다."

전혀 엉뚱한 한마디에 싸늘한 질책을 각오하고 있던 요언의 눈이 휘둥그레졌다.

"예?"

"죽고 싶으면 먹어도 된다고."

요언의 얼굴이 딱딱하게 굳었다.

"내 이 연놈을!"

불같이 노한 요언이 몸을 돌렸을 땐 이미 수하들에 의해 주인 부부와 주방에서 허드렛일을 하던 사내가 포위된 상태였다.

그들은 죽기를 각오했는지 그다지 두려워하지 않는 모습이었다.

"누구의 사주를 받고 독을 푼 것이냐?"

요언의 물음에 정작 웃음을 터뜨린 것은 능위였다.

"한심한. 물어본다고 대답을 하겠다. 그리고 그 질문은 저런 잔챙이가 아니라 은환살문의 문주를 잡아놓고 던져야 하는 것이다."

혀를 찬 능위가 홍고량주를 또다시 들이켜고는 독이 들었다는 안주를 몇 개나 집어먹었다.

"무, 문주님. 독이……."

당황한 요언이 어찌할 바를 몰라 했으나 능위는 태연하기만 했다.

"이따위 독에 어찌 될 내가 아니다."

"호호호호!"

능위의 말이 끝나기가 무섭게 여인의 교소가 객점에 울려 퍼졌다.

"멍청한 놈! 지금 이따위 독이라고 했느냐?"

여인이 입을 열었지만 능위는 듣고 싶은 마음이 전혀 없었다.

"그년 참 시끄럽군."

사형선고였다.

여인은 미처 말을 끝내지도 못하고 요언의 검에 의해 그대로 목이 날아갔다.

"부부처럼 보이더니만 그다지 감정의 동요가 없는 것을 보면 그것도 아닌 모양이군. 그저 가끔 이부자리로 쓰던 계집이었던 모양이야."

능위가 혈사림의 림주라는 체통과는 전혀 어울리지 않는 웃음소리를 뱉어내자 육삼이 가소롭다는 표정으로 말했다.

"혈사림의 림주? 무림십강? 웃기고 있군. 네놈의 웃음이 언제까지 이어지나 보자."

불경한 발언을 참지 못한 요언이 다시금 움직이려는 찰나 능위가 손을 들어 그를 말렸다.

"뭐가 그렇게 자신만만한 걸까? 음식에 독을 푼 것 말고 다른 뭔가가 있는 모양이지? 하지만 독 따위는 내게 아무런 영향을 주지 못한다고 했다."

"과연 그럴까? 독성이 강한 독도 아니고 요리를 하는 과정에서 흔적도 없이 스며들었음에도 독의 존재를 눈치챈 것은 칭찬해 주마. 하지만 네놈은 안주에만 독이 있는 줄 아는 모양인데……."

득의양양해 하던 육삼의 음성은 능위가 홍고량주를 병째로 입에 가져가면서 잠시 끊겼다.

단숨에 술병을 비운 능위가 육삼의 발밑으로 술병을 던지며 비릿한 미소를 지었다.

"안주에 들어 있는 독은 별것 아니나 술에 들어 있는 어떤 성분과 합쳐지면 무시무시한 독이 된다. 뭐, 이런 말을 하고 싶은 모양이지?"

육삼의 눈이 화등잔만 해졌다.

"그, 그걸 어찌……."

"그러니까. 그게 바로 네놈들의 수준이라는 거다. 상대의 역량은 생각도 못하고 쓸데없는 자신감만 가득한 머저리들."

능위가 손을 뻗자 육삼의 몸이 그대로 빨려왔다.

"네놈에게 선물을 주마."

왼손으로 육삼의 목을 틀어쥔 능위가 오른손 약지를 그의 입에 가져갔다.

"네놈이 준 독을 모아봤으니 사양 말고 먹거라."

능위의 약지에서 검은 액체가 몇 방울 떨어져 육삼의 입속으로 사라졌다.

"끄끄극!"

미친 듯이 도리질을 치던 육삼은 독을 먹고 한 호흡도 되지 않아 칠공에서 피를 쏟아냈다.

온몸을 뒤틀고 경련을 하며 고통에 발버둥치는 육삼.

능위는 육삼의 숨이 서서히 끊어지는 순간의 잔떨림까지 느긋하게 즐긴 다음에야 비로소 그의 목을 틀어쥐고 있던 손을 풀었다.

"많이도 묻었군. 차라리 뒷덜미를 잡을 걸 그랬나."

능위는 육삼의 피로 더럽혀진 손을 보며 미간을 찌푸리다가 주방에서 허드렛일을 하던 사내에게 다가갔다.

"모양만 부부였던 것들은 저리 되었고 너는 뭐냐?"

능위가 사내의 가슴에 손에 묻은 피를 쓱 닦으며 물었다.

인간의 감정이라곤 티끌만큼도 보이지 않는 능위의 시선을 마주한 사내의 몸이 사시나무 떨리듯 떨렸다.

사내가 품속을 뒤지는 찰나, 요언의 검이 움직이고 사내의 손이 그대로 잘려 나갔다.

바닥에 떨어진 사내의 손에는 신호용으로 보이는 폭죽 하나가 들려 있었다.

폭죽을 집어든 능위가 살짝 신호를 보내자 요언이 잔인한 미소를 지으며 사내의 잘린 팔을 자근자근 밟았다.

"끄아아아악!"

사내의 비명 소리는 객점을 뚫고 하늘로 치솟는 신호탄에 의해 완전히 묻혀 버렸다.

"이따위 수작이 준비한 모든 것이 아니길 빈다. 부디 제대로 덤비길 바란다. 크크크!"

나직한 외침이 끝남과 동시에 유송객점의 벽을 뚫고 사방에서 화살이 날아들었다.

화살촉이 검게 변한 것을 보면 하나같이 극독이 발라져 있음이 틀림없었다.

"크윽!"

누군가의 입에서 짧은 신음이 흘러나왔다.

능위의 차가운 눈이 신음을 따라 움직였다.

혈사림에서도 최정예로 꼽히는 호위대가 고작 화살 따위에 당했다는 것에 몹시 분노한 표정이었다.

그러나 능위는 화살에 맞은 수하가 팔에 박힌 화살을 재빨리 뽑고 혈을 눌러 독이 전신에 퍼지는 것을 막은 뒤, 날카로운 단검으로 검게 변하기 시작한 살을 그대로 도려내는 것을 본 뒤 분노를 거둬들였다.

고통이 상당할 터인데도 눈 하나 깜짝하지 않고 자신의 살을 도려내는 독함이 마음에 들었다.

변색된 살을 모조리 도려내고 옷을 찢어 상처를 묶는 것으로 순식간에 상처를 치료한 수하를 보며 능위가 물었다.

"이름이 뭐냐?"

"자, 장편(張片)입니다."

"끝까지 살아남아 봐라. 하면 네놈에게 큰상을 주마."

"조, 존명!"

장편의 이마가 그대로 땅을 찧었다.

"요언."

"예, 림주님."

"잘 버텨라."

"예?"

능위는 요언의 질문에 대답을 하지 않았다.

요언이 두 눈을 크게 뜨는 순간, 그의 신형은 이미 유송객점의 지붕을 뚫고 사라진 뒤였다.

"크하하하하! 모두 덤벼라! 본좌가 바로 혈사림주 능위다."

천지를 쩌렁쩌렁 울리는 사자후.

유송객점을 향했던 모든 화살이 능위에게 집중되었다.

하지만 단 한 발의 화살도 능위에게 상처를 입히지 못했으니 화살로 따라잡기엔 그의 움직임이 너무나 빨랐다.

화살을 피해 지면에 내려선 능위는 곧바로 암습자들을 공격하기 시작했다.

"크악!"

"으아악!"

곳곳에서 참담한 비명 소리가 터져 나왔다.

요언 등이 수하들을 데리고 유송객점 밖으로 빠져나왔을 때 화살을 날렸던 자들은 이미 모조리 목숨을 잃은 상태였다.

능위는 그것에 만족하지 않았다.

극도로 예민해진 감각에 또 다른 살수들의 기척이 포착되었다.

하나둘이 아니었다.

어둠과 지형지물을 이용하여 최대한 은밀히 숨었다고는 해도 능위의 기감을 피할 수는 없었다.

능위의 날카로운 눈이 유송객점에서 이어지는 숲길을 바라보았다. 능위는 조금도 망설임없이 몸을 날렸다. 요언 등이 황급히 그의 뒤를 따랐으나 능위의 모습은 순식간에 사라졌다.

쉬익!

예리한 비수가 날아들었다.

피할 필요도 없었다.

그저 한 손을 들어 허공을 저을 뿐이었다.

능위를 향해 쏟아지던 그 많은 비수가 힘을 잃고 땅에 떨어지거나 엉뚱한 곳으로 방향을 틀었다.

쉬쉬쉭!

주의해서 듣지 않는다면 감지해 내기 힘든 미세한 소리와 함께 머리카락만큼이나 가는 침이 능위를 향해 날아들었다.

어둠이 장악하고 있는 숲에서 눈으로 침을 확인하고 구별하기란 사실상 불가능한 것이었다. 게다가 각 침에는 호랑이라도 단박에 절명시킬 만큼 무시무시한 극독이 발라져 있었다.

절체절명의 상황에서도 능위의 입가엔 미소가 지워지지 않았다. 마치 그 상황을 즐기기라도 하듯 오히려 미소가 짙어지기까지 했다.

능위의 몸이 도약을 했다.

단숨에 삼 장여를 도약한 능위가 나무 위에 은신하고 있던 살수의 머리를 틀어쥐었다.

팍!

마치 수박이 터지듯 둔탁한 소리와 함께 능위의 손에 잡혔던 살수의 머리가 흔적도 없이 날아갔다.

손을 타고 흐르는 시뻘건 피와 허연 뇌수를 보며 혀를 할짝인 능위의 눈은 붉다 못해 검게 변해 있었다.

살수들이 제아무리 은신해 능하고 자신의 기척을 감추려고 애를 썼지만 능위는 그들의 위치를 정확하게 파악했다.

날다람쥐처럼 나무 사이를 뛰어다닐 때마다 나직한 비명과 함께 피떡이 된 살수들이 힘없이 추락했다.

거침없는 능위의 행보는 그를 향해 십여 개의 화탄이 터지면서 멈추었다.

제아무리 혈강신의 경지에 올라 도검불침의 강력한 몸과 호신강기를 지니게 되었다 해도 그를 향해 집중된 십여 개의 화탄과 정면으로 맞서는 것은 분명 모험이고 무리였다.

"쥐새끼 같은 놈들. 그런다고 놓칠 줄 아느냐!"

다소 그을린 상태로 지면에 내려선 능위가 숲 속 깊이 도주하는 적들을 향해 노호성을 터뜨렸다.

"어르신."

사농이 다급한 외침에 나무 등걸에 비스듬히 기대어 있던 설유가 지그시 감았던 눈을 떴다.

"쯧쯧, 아무리 급한 일이 있더라도 냉정을 잃지 말라고 누누이 얘기를 했을 텐데."

설유의 서늘한 눈동자에 사농의 얼굴이 붉어졌다.

"죄, 죄송합니다."

"됐다. 하루 이틀도 아니고. 후~ 네 녀석이 어떻게 십이지살이 되었는지 모르겠다. 하긴 노부뿐만 아니라 다들 이해를 하지 못하니까."

사농이 아무런 대꾸도 못하고 머리만 긁적이자 설유가 고개를 흔들었다.

"각설하고, 공격이 시작된 지 반 시진쯤 되었더냐?"

"예, 그쯤 되었습니다."

"상황은 어찌 돌아가고 있느냐?"

설유가 조금의 기대도 섞이지 않은 음성으로 물었다.

"유송객점에서 공격했던 이들은 전멸을 당했습니다."

"당연한 것이겠지."

유송객점 인근에 포진해 있던 이들의 수가 거의 이백여 명에 육박했다는 것을 알면서도 설유는 전혀 놀라지 않았다. 예상했다는 표정이었다.

"애당초 그들의 목표는 능위가 아니라 수신호위들이었다. 호위대의 숫자는 얼마나 줄었느냐?"

"삼 할이 채 안 되는 것 같습니다."

"삼 할이 안 된다면 열 명 남짓 잡았다는 말인데 생각보다는 이백이나 소모한 것치고는 소득이 적군. 그래도 사 할 정도는 기대했는데 말이다."

"호위를 받지 않은 혈사림주가 단독으로 움직이면서 무자비하게 휩쓸고 다닌 것으로 압니다. 그나마 뇌화문의 화기들이 있었기에 망정이지 그만큼의 피해도 입히지 못할 뻔했습니다."

"과연 혈사림주. 무림십강이 괜히 무림십강이 아니지."

설유가 살짝 두려운 표정으로 고개를 끄덕였다.

"하지만 걱정하지 마십시오. 어차피 유송객점에 투입된 인원은 동원된 전력 중에서 가장 하급에 속한 자들입니다. 승부는 지금부터지요. 제아무리 혈사림주라 해도 이전처럼 날뛸 수는 없을 것이며 수신호위들 또한 단 한 놈도 살아남지 못할 것입니다."

자신만만하게 말하는 사농을 물끄러미 바라보던 설유가 한숨을 내쉬었다.

"역시 이상한 일이야. 네놈처럼 단순한 녀석이 어떻게 십이지살이 되었는지 말이다. 용걸이 칠원성군이 된 것만큼이나 이해할 수 없는 일이다."

"갑자기 제 이야기는 왜 꺼내는 겁니까?"

위쪽에서 들려오는 음성에 깜짝 놀란 사농이 고개를 치켜들었다.

머리 위 얇은 나뭇가지 위에 누워 있던 하용걸이 못마땅한 얼굴로 고개를 삐쭉 내밀고 있었다.

"어, 언제 오셨습니까?"

하용걸의 기척을 전혀 느끼지 못한 사농이 얼떨결에 묻자 나뭇가지에 누웠던 몸을 빙글 돌리며 땅으로 떨어져 내린 하용걸이 사농의 뒤통수를 후려쳤다.

"언제 오기는 누가 언제 와. 처음부터 있었는데."

"예? 하, 하지만……."

"꼭 몸을 숨겨야만 은신을 하는 것은 아니다. 몸을 완전히 드러내고 있어도 상대방이 의식하지 못한다면 그것이야말로 완벽한 은신이 아니겠느냐?"

설유의 말에 사농은 이해하기 힘들다는 얼굴로 되물었다.

"기척이야 감출 수 있습니다. 하오나 몸을 드러내고 있다면 상대의 시선을 피할 수 없는 것 아닌지요."

"일반적이라면 그렇겠지. 하나 눈만큼 착시가 심한 것도 없다. 주변 사물과 완벽한 동화를 이룬다면 코앞에 있어도 의식하지 못하는 것이 인간의 눈이다. 물론 쉽지 않은 일이다. 상대가 무공을 익히고 있는 사람이라면 더욱 그렇겠지. 그마저도 극복할 수 있어야 진정한 살수로 거듭날 수 있는 법이다."

사농은 설유의 가르침을 놓치지 않겠다는 듯 진지한 자세로 경청했다.

하용걸이 피식 웃으며 그의 머리를 다시 후려쳤다.

"그러니까 잘하라고."

"크!"

솥뚜껑만 한 손에 뒤통수를 맞은 충격이 꽤나 컸는지 사농이 오만상을 찌푸릴 때 설유가 껄껄 웃고 있는 하용걸에게 말했다.

"혈사림주도 혈사림주지만 수신호위 들을 확실히 줄여놓을 필요가 있겠어. 힘의 집중을 위해서라도 말이야."

하용걸은 설유의 말을 대번에 알아들었다.

"확실히 그럴 필요가 있을 것 같군요. 혈사림주의 무공이 예상보다 뛰어나 보입니다."

"네가 아이들을 이끌고 움직여야겠다."

"그러지요."

하용걸의 눈빛이 차갑게 빛났다. 산도적 같았던 느낌은 이미 사라졌다.

"기왕이면 아이들에게 기회를 줘. 그만한 실력자들하고 싸우는 기회도 많지는 않을 테니까."

"피해가 클 수 있습니다."

"실력이 안 되면 어쩔 수 없는 일이지."

어찌 보면 냉정한 말이었지만 그것이야말로 은환살문이 중원의 삼대살문이 될 수 있었던 힘이라 할 수 있었다.

"그렇다고 절대 무리는 하지 마라. 혈사림주와의 충돌은 무조건 피해."

"알겠습니다."

"그리고 하나 더. 노부의 예상이 맞다면 혈사림주는 천라지망을 반드시 뚫어낸다. 중요한 것은 그가 천라지망을 뚫고 탈출한 장소가 신농계가 되어야 한다는 것이야. 동원된 놈들에게 그것을 확실히 주지시켜."

"만약 그럼에도 실패하면 어찌 되는 겁니까?"

하용걸의 말에 잠시 침묵을 지키던 설유가 착 가라앉은 음성으로 대답했다.

"문주께서 기다리신다. 수단과 방법을 가리지 말고 놈을 신농계로 유인해."

은환살문의 모든 힘을 이용해도 좋다는 허락이었다.

"맡겨두십시오."

은환살문에 대한 자부심이 하늘을 찌르는 하용걸의 입가에 진한 미소가 지어졌다.

*　　　*　　　*

"공격을 시작한다고 보내온 전서구가 도착한 지도 벌써 한 시진이 넘었습니다. 이제 준비해야 되지 않겠습니까?"

광홍이 물었다.

"음."

고즈넉이 떠오른 초승달을 바라보며 술잔을 기울이던 천검이 살짝 고개를 끄덕였다.

"영성(永聲)을 불러라."

"예."

명을 받고 물러난 광홍이 잠시 후, 한 사내를 데리고 나타났다.

"기다리던 때가 된 것 같다. 준비되었느냐?"

천검이 물었다.
"예."
영성이 이를 꽉 깨물며 대답했다.
"눈을 감아라."
"괜찮습니다."
영성이 고개를 흔들었다.
"좋을 대로."
가볍게 심호흡을 한 천검이 영성을 향해 검을 휘둘렀다.
몸 곳곳에 작지 않은 상처가 생겼지만 영성의 입에선 아무런 신음도 흘러나오지 않았다.
검을 멈춘 천검이 눈짓을 하자 곁에 섰던 광홍이 상처 주변에 잿빛의 가루를 뿌렸다.
지혈제가 아니었다. 어찌 보면 상처를 덧나게 만드는 촉진제라 할 수 있었다.
"조금만 참아."
짧게 내뱉은 광홍이 영성의 팔을 잡더니 땅바닥에 가만히 뉘었다.
광홍이 움직이기도 전에 영성이 스스로 자신의 몸을 굴렸다. 영성의 몸은 순식간에 피와 흙먼지로 범벅이 되었다.
"그만하면 됐다."
영성의 몰골을 살피던 천검이 손을 들어 그의 행동을 제지

했다.

"네 임무가 얼마나 중요한 것인지 알고 있을 것이다."

"예."

영성이 살짝 흐트러진 호흡을 가다듬으며 대답했다.

"가족 걱정은 하지 마라. 내 이름을 걸고 약속하마. 지금쯤 안전한 곳으로 이동 중일 것이다."

"걱정하지 않습니다."

영성의 눈빛은 추호의 흔들림이 없었다.

"믿는다."

영성의 어깨를 힘주어 잡은 천검이 명을 내렸다.

"가라. 가서 대어를 낚아봐."

"장로님."

자신을 부르는 소리에 이미 눈을 뜨고 있던 이자웅이 벌떡 일어났다.

"누구냐?"

"곤입니다."

"들어오너라."

말이 끝나기가 무섭게 혈룡승천대의 부대주 동방곤(東方崑)이 문을 열었다.

딱딱히 굳은 동방곤의 얼굴에서 이자웅은 심상치 않은 일이 벌어지고 있음을 직감했다.

그렇잖아도 뭔지 모를 불길한 기분에 잠자리가 편하지 않던 터였다.

"자정이 넘었다. 대체 무슨 일이기에 이 늦은 시간에 나를 찾은 것이냐?"

"송구합니다. 하지만 장로님께서 반드시 확인하셔야 하는 일이 있어서 찾아뵈었습니다."

"확인을 해야 할 일?"

침상에서 내려온 이자웅이 의복을 걸치며 물었다.

"예."

"미친 영감한테 무슨 일이라도 생긴 것이냐?"

광의를 언급하는 이자웅의 안색은 과히 좋지 않았다.

광의를 무사히 지키라는 능위의 엄명 때문에 어쩔 수 없이 무이산에 머물고는 있지만 애당초 그는 의원 나부랭이에 불과한 광의가 선배 운운하며 자신을 대하는 꼴이 영 마음에 들지 않았다. 게다가 성격까지 괴팍하니 그저 얼굴을 떠올리는 것만으로도 짜증이 솟구쳤다.

그렇지만 임무는 임무였다.

광의의 신변에 무슨 일이라도 생기면 림주의 분노는 고스란히 자신의 몫이 될 터. 절로 긴장이 됐다.

"아닙니다. 그쪽이 아닙니다."

"그쪽이 아니다?"

일단 광의에게 일이 생긴 것이 아니라는 것에 안심이 되었지만 동방곤의 말이 어딘가 이상했다.

"림주님께 변고가 생긴 듯합니다."

순간, 이자웅의 안색이 딱딱하게 굳었다.

"림주님께 변고라니! 제대로 말해라."

"방금 전 영성이 이곳에 도착했습니다."

낯선 이름이었다.

이자웅이 고개를 갸웃거리며 되물었다.

"영성? 그놈은 누구냐?"

"수신호위 중 한 명입니다."

"그놈이 이곳은 왜? 아니다. 직접 듣는 것이 낫겠다. 녀석은 어디에 있느냐?"

"대주와 함께 있습니다. 부상이 심각해서 치료를 받는 중입니다."

이자웅은 동방곤의 말이 끝나기도 전에 문을 박차고 있었다.

영성이 치료를 받고 있다는 곳으로 한달음에 달려간 이자웅은 온몸에 부상을 당한 채 치료를 받고 있는 영성의 모습과 그런 그를 심각하게 바라보고 있는 혈룡승천대주 동방립(東方立)을 확인할 수 있었다.

"오셨습니까?"

동방립이 이자웅을 발견하고 얼른 예를 차렸다.

"동생 말이 사실이냐? 림주께서 적들의 공격을 받고 있다는 말이 사실이냔 말이다."

"이 친구의 말에 의하면 그렇습니다."

동방립이 영성을 가리키며 말했다.

영성이 힘겹게 일어나며 예를 차리자 그의 앞으로 다가간 이자웅이 몹시 흔들리는 음성으로 물었다.

"림주님께 변고가 생겼다는 말이 사실이냐?"

"사실입니다."

"음."

이자웅이 입술을 질끈 깨물었다.

"자세히 설명해 봐라. 대체 어떻게 된 것이냐?"

"맹주님께서 이곳으로 오고 계시다는 것은 알고 계실 겁니다."

"알지. 내일 오후쯤이면 도착하실 예정이었다."

이자웅이 고개를 끄덕였다.

"한데 맹주님을 이곳으로 모시던 중 유송객점에서 적들의 공격을 받았습니다."

"유송객점?"

이자웅이 미간을 찌푸리며 고개를 돌리자 동방립이 곧바

로 대답을 했다.

"이곳으로 오는 길목에 있는 객점입니다. 일전에 장로님께서도 잠시 들르셨던 적이 있습니다."

"내가?"

잠시 뭔가를 생각하던 이자웅이 크게 고개를 끄덕였다.

"바로 그 객점 말이군. 다 쓰러져가는 것도 부족해 음식 맛도 형편없던 객점."

"맞습니다."

"처음부터 마음에 들지 않더니만 결국 이런 사단이 났군. 망할! 그런데 적의 정체는 확인하였느냐?"

"상황이 워낙 다급한지라 제대로 확인은 하지 못했습니다. 다만 은환살문에서 림주님을 노리고 있다는 정보가 있었습니다."

영성의 힘없는 대답에 이자웅이 버럭 화를 냈다.

"그 애기는 나도 들었다. 미친것들! 감히 살수나부랭이가 림주님을 노리다니. 설사 그것이 사실이 아닌 단순한 소문이라 해도 모조리 명줄을 끊어 버려야 할 일이다."

이자웅이 노기를 드러내자 자신도 모르게 빙살음혈기가 뿜어져 나오며 방 안 가득 엄청난 한기가 몰아쳤다.

"네가 이곳까지 달려왔다는 것은 생각보다 상황이 좋지 못함을 의미하는 것. 맞느냐?"

"그렇습니다."

이자웅의 눈빛이 차갑게 빛났다.

"은환살문이 제법 알려졌다고는 해도 상대가 다른 누구도 아닌 림주님이시다. 게다가 수신호위들까지 있는 상황에서 조금 이해가 가지 않는구나."

"적의 수가 너무 많았습니다."

영성의 음성이 살짝 떨렸다.

"적의 수가 너무 많아?"

"예, 혈비조에서 적들의 공격이 있으리란 경고가 있었지만 림주님께선 이를 무시하셨습니다. 태상께서 호위를 늘려야 한다고 건의도 하셨지만 받아드리지 않으셨습니다."

"하면 림주님을 모시는 이들이 너희 수신호위가 전부란 말이냐?"

"그렇습니다."

"이쪽에 절반 정도가 와 있으니 대략 사오십 정도?"

"그렇습니다."

"허!"

이자웅의 입에서 탄식이 흘러나왔다.

은환살문 따위가 노린다고 혈사림의 림주가 몸을 사린다는 것은 있을 수 없는 일이었지만 그렇다고 이에 대한 대비를 너무 소홀히 하는 것도 분명 문제였다.

'하긴 림주님의 성정상 당연한 일이겠지. 물론 그만한 실력도 지니고 계시고.'

당당함을 넘어 오만함의 극치를 달리는 능위의 모습을 떠올린 이자웅의 미간이 잔뜩 좁혀졌다.

"적의 수가 많다고 했는데 대체 어느 정도기에 림주님께서 위험에 처하신단 말이냐? 애당초 수준 자체가 틀린데다가 은환살문이 전력을 다한다고 하더라도 그 수는 얼마 되지 않을 텐데 말이다."

"정확히 예측은 하지 못하겠습니다만 상상할 수 없을 정도로 많은 적이 동원되었습니다. 현재 림주님을 중심으로 천라지망이 펼쳐진 상태입니다."

"뭐라? 천라지망?"

이자웅은 물론이고 동방립, 동방곤 형제 또한 경악을 금치 못했다.

"그렇습니다. 놈들의 포위망을 뚫고 이곳으로 달려오는 중에 제가 직접 확인한 것입니다. 최소한 수백에 이르는 적들이 림주님을 노리고 있습니다."

영성의 설명에 이자웅의 표정이 더없이 심각해졌다.

"림에는 알렸느냐?"

"그쪽으로도 전령을 보냈습니다만 포위망을 뚫었는지는 모르겠습니다. 설사 포위망을 뚫었다고 해도 아무래도 거리가 있다 보니 소식을 늦게 들을 것 같습니다."

"유송객점이라면 림보다는 이곳이 훨씬 가깝습니다."

동방립이 말했다.

"그렇군."

"당장 지원군을 보내야 합니다."

동방곤이 다급히 말했지만 이자웅은 천천히 고개를 흔들었다.

"우리는 어떤 일이 있어도 이곳을 지켜야 한다."

"림주님께서 위험하십니다. 지금 당장 움직인다고 하여도 늦을지 모르는 상황입니다."

영성이 답답하다는 듯 말했다.

"네 임무가 있듯 우리가 맡은 임무도 있다. 림주님 곁에 있어야 할 수신호위의 절반이 이곳에 있다는 것이 무엇을 의미한다고 생각하느냐?"

영성이 선뜻 답을 하지 못할 때 동방립이 조심히 말했다.

"하지만 그 어떤 일도 림주님의 안위보다는 중요할 수 없습니다."

"네 말도 맞다. 그런데 조금 이상하지 않느냐?"

"무엇이 이상하신 겁니까?"

"은환살문이 미치지 않고서야 이토록 대담하게 림주님을 노릴 수는 없다. 그럼에도 불구하고 그런 무리수를 두었다는 것은 필시 다른 노림수가 있을 수 있다는 것이지. 가령 이곳을 노린다거나 말이다."

"은환살문에 그런 힘이 있다고 생각하지는 않습니다."

"왜 은환살문이라 생각하느냐? 놈들은 그저 미끼라고 생각하면 된다. 림주님을 공격하여 우리의 시선을 빼앗으려는 미끼."

이자웅의 말에 동방립의 얼굴이 딱딱히 굳었다. 다소 억측이기는 하나 충분히 의심할 수 있는 일이었다.

"하면 장로님께선 이곳의 비밀이 무림에 알려졌다고 생각하시는 건지요?

"어느 정도는 노출되었다고 보는 것이 맞겠지. 특히 마황성이나 정무맹의 정보력은 오히려 본림보다 한수 위라고 봐야 하니까. 아울러 본림을 상대로 이런 미친 짓을 벌일 수 있는 놈들 또한 그 둘뿐이니까. 아니군. 하나 더 있군."

"혹 장군가를 말씀하시는 겁니까?"

"그렇다. 장군가. 이번 사사천교의 배후에 장군가가 있다는 것은 공공연한 비밀이 아니더냐? 사사천교를 암중에서 움직일 수 있을 정도라면 그 힘은 결코 삼세의 아래가 아니라고 볼 수도 있을 것이다."

"그렇다고 림주님의 위험을 무시할 수도 없는 노릇 아닙니까?"

동방림이 물었다.

"그러니까 이리 답답한 것이다."

이자웅은 한숨을 푹 내쉬며 말했다.

"한데 저놈의 신분은 확실한 거냐?"

뒤늦게 도착한 위강(韋剛)이 의심스런 눈초리로 영성을 훑었다.

위강은 옆에 서 있는 교종(交棕)과 함께 이자웅을 따라 무이산에 온 원로들로 혈사림에서 장로의 지위 바로 아래에 있는 사십사군(四十邪君)의 일원이었다.

동방립이 대답을 하려는 찰나 위강의 후미에서 다소 가시가 돋친 듯한 음성이 들려왔다.

"맞습니다. 저 친구의 신분은 제가 보장하죠."

다급한 표정으로 나타난 사내는 광의의 곁을 지키고 있는 수신호위 부대주 월청(月青)이었다.

"부대주가 보장한다면 맞겠지."

이자웅이 고개를 끄덕였다.

"괜찮아?"

월청이 영성의 곁으로 달려가며 물었다.

"괜찮습니다."

힘없이 고개를 끄덕였지만 한눈에 보기에도 영성의 부상은 상당히 심각했다. 치료를 한다고 했음에도 곳곳에서 피가 흘러나오고 있었다.

"대주께서 보낸 거야?"

"예."

"너를 보낼 정도면 상황이 얼마나 급한지 알겠군."

무겁게 고개를 끄덕인 월청이 이자웅 등에게 말했다.

"영성은 수신호위 중에서도 다섯 손가락 안에 꼽히는 실력자입니다. 림주께서 공격을 받으시는 상황에서 이런 실력자를 밖으로 뺐다는 것은 반드시 포위망을 뚫고 구원군을 청해야 한다는 것을 의미합니다. 그만큼 상황이 심각하다는 것이겠지요."

"음."

월청까지 나서자 이자웅의 고심은 더욱 깊어졌다.

구원군을 보내자니 임무가 위태로울 수 있었고 무시를 하자니 사안이 너무 중했다.

이자웅이 쉽게 결정을 내리지 못하고 고민에 빠졌을 때 깊은 생각에 잠겨 있던 교종이 가늘게 눈을 뜨며 입을 열었다.

"몇 가지 궁금한 것이 있구나."

교종의 눈은 영성에게 향해 있었다.

"말하기를 림주님 주변으로 천라지망이 펼쳐 있다고 들었다. 그 말인즉슨 놈들이 완벽한 포위망을 구축하고 있다는 말도 되겠지?"

"그, 그렇습니다."

영성이 얼떨결에 고개를 끄덕였다.

"한데 너는 어떻게 빠져 나온 것이냐?"

"예?"

"청부를 받았든 아니면 또 다른 계획이 있든 림주님을 잡지 못하면 은환살문은 더 이상 무림에 존재하지 못한다. 림주님의 성격상 반드시 그렇게 되게 되어 있어. 그것을 모를 은환살문이 아닌데 천라지망이 너무 허술하다는 느낌이 드는 것은 왜일까?"

"그, 그건……."

"어르신께선 영성이 당한 부상을 보고도 그런 말씀을 하십니까? 또한 영성은 수신호위 중에서도 손꼽히는 실력자입니다."

월청이 노골적으로 불쾌감을 드러내며 말했다.

"부상을 당한 것은 노부의 눈에도 보인다. 그런데 그것도 이상해. 부상은 많은데 딱히 치명적이라고 할 수 있는 부상이 없고 각 부상의 상처가 묘하게도 일치해. 거의 같은 길이에 같은 깊이. 무기는 검으로 보이고 말이지. 살수들이라면 다양한 무기들을 사용했을 텐데 말이야."

"무슨 말씀을 하고 싶으신 겁니까?"

"그렇게 발끈할 필요는 없다. 그냥 그렇다는 것이다."

능구렁이처럼 빠져나갔지만 교종이 하고 싶은 말은 확실했다.

영성이 비록 림주님을 곁에서 지키는 수신호위의 일원이고 신분 또한 증명이 되었으나 여러 정황상 그의 말을 믿지 못하겠다는 것.

교종의 말에 다들 의심의 눈길로 영성을 바라보았다.

교종이 누구던가.

돌다리를 두들겨 보고도 건널지 말지를 고민할 정도로 의심이 많고 심계가 깊기로 유명한 인물이었다.

그런 교종이 뭔가 의심을 한다는 것은 틀림없이 그만한 이유가 있는 것이었다.

상황이 묘하게 돌아가자 월청은 당황하지 않을 수 없었다.

"하면 림주님의 위험을 뻔히 알면서도 무시하겠다는 말씀입니까?"

교종과 어느 정도 교감을 나누었는지 이자웅이 탐탁지 않은 얼굴로 반박했다.

"무시가 아니라 확실하지 않은 상황에서 함부로 움직일 수가 없다는 말이다."

"이 이상 어떻게 더 확실한 증거가 있습니까? 할 수 없군요. 사지를 뚫고 온 수신호위의 말까지 믿지 못하신다면요."

"어찌할 생각이냐?"

"저희의 존재 이유는 오직 림주님을 위함입니다. 장로님께서 움직이지 않으신다면 저희들 단독으로 움직이겠습니다."

"항명을 할 생각이냐?"

이자웅이 월청을 날카롭게 쏘아봤다.

"죄는 림주님을 구한 후에 달게 받겠습니다."

"감히!"

빙살음혈기를 일으킨 이자웅의 전신에 서리가 내렸다.

이자웅은 자신의 권위에 도전하는 수하를 그냥 두고 볼 인물이 아니었다.

"장로님."

교종이 당장에라도 공격할 듯한 이자웅의 앞을 가로막았다.

"비키게."

잔뜩 화가 난 이자웅은 백발이 성성한 교종에게 버럭 화를 냈다.

"수신호위입니다. 저들을 항명죄로 다스릴 수 있는 분은 오직 림주님뿐입니다. 게다가 림주님을 목숨을 버리겠다는 친구를 함부로 하신다면 훗날 림주께서……."

교종은 뒤의 말을 아꼈다.

그러나 그의 몇 마디에 그토록 살기를 뿜어대던 이자웅은 언제 그랬냐는 듯 평정심을 회복했다.

이자웅은 능위가 자신을 위해 맹목적으로 충성을 하는 수하를 얼마나 아끼는지 너무도 잘 알고 있었다. 모르긴 몰라도 지금의 상황을 능위가 알게 되면 경을 치는 것은 월청이 아니라 자신이 될 것이 뻔했다.

"좋다. 네놈 마음대로 해라. 난 분명 움직이지 말라고 명을 내렸다. 광의를 지키라는 림주님의 명을 어기고 이곳을 이탈한 것은 네놈의 의지다."

"분명히 저의 의지입니다."

월청이 당당하게 외쳤다.

그런 당당함이 고까웠는지 이자웅은 아예 고개를 돌려 버렸다.

"부, 부대주님."

영성이 다급히 월청을 불렀다.

"왜?"

"우리들의 힘으로는 안 됩니다. 림주님을 노리는 적의 수가 너무 많습니다."

"네가 그리 말하면 그런 것이겠지. 하지만 어쩔 수가 없잖아. 아무도 림주님을 구하기 위해 움직이지 않겠다고 하는데."

월청이 이자웅 등을 차갑게 노려보다 말을 이었다.

"우리들의 목숨이라도 버려야지."

"……."

물끄러미 월청을 바라보던 영성이 천천히 몸을 돌렸다.

"제 말이 의심스럽다고 하셨습니까?"

이자웅이 솔직히 대답했다.

"어느 정도는. 무엇보다 말 한마디에 움직이기엔 이곳의 임무가 너무 중하다."

"그럼 확실한 증거를 드리겠습니다."

"확실한 증거?"

반문하던 이자웅이 깜짝 놀랐다.

영성의 손에 조그만 단검이 들려 있는 것을 본 것이다.

"무슨 짓이냐?"

"증거를 드린다고 했습니다."

영성이 단검을 목에 가져갔다.

"영성!"

월청이 다급히 외쳤다.

영성이 슬픈 표정으로 말했다.

"이곳에 남아 있는 수신호위의 힘만으로는 림주님을 지킬 수가 없습니다. 림주님께서 목숨을 잃으신다면 어떤 이유에서건 우리 또한 살아남지 못합니다. 부대주께서 말씀하셨지요. 우리의 존재 이유가 곧 림주님이라고요."

"그, 그랬지."

"저는 한 가지가 더 있습니다. 못난 아내와 어린 자식들. 불경스럽게도 제겐 림주님만큼이나 제 가족이 소중합니다. 만약 이대로 림주님께서 목숨을 잃으시면 제 가족의 미래는 없습니다."

"네가 이곳에서 죽는다면 그 역시 마찬가지 아니더냐?"

교종이 그 어떤 미세한 움직임까지 놓치지 않겠다는 날카로운 눈빛으로 질문을 던졌다.

영성이 슬프게 웃었다.

"림주님께서 살아남으신다면 제 가족의 미래는 걱정할 것이 없겠지요. 제가 목숨을 버리며 세운 공이 있으니까요. 그렇지 않습니까, 부대주님?"

"영… 성."

이미 돌이킬 수 없다고 느낀 것일까?

두 주먹을 꽉 쥔 월청의 눈꺼풀이 파르르 떨렸다.

"간절히 부탁드리겠습니다. 림주님을 위해서, 아니, 제 가족을 위해서 림주님을 구해주십시오. 저의 말이 틀리지 않음을 목숨으로 증명하겠습니다."

푸욱!

누가 말리기도 전에 영성의 단검이 그의 목을 파고들었다.

뿜어져 나오는 핏줄기가 이자웅과 교종의 발밑을 적셨다.

"영성!"

월청이 비틀거리는 영성의 몸을 안아들었다.

"제, 가… 족을, 가족… 을 부탁… 합니다."

영성이 가쁜 숨을 몰아쉬며 말했다.

"걱정하지 마라. 목숨을 걸고 돌볼 테니까."

월청의 말에 희미한 웃음을 지은 영성의 눈이 천천히 감겼다.

영성의 숨이 완전히 멎은 것을 확인한 월청이 분노로 가득한 눈빛으로 일어났다.

"이제 믿으시겠습니까?"

아무도 대답을 하지 않았다.

"영성이 자신의 말을 증명하기 위해 스스로 목숨을 버렸습니다. 림주님이 아니라 남겨질 가족을 지키기 위해서 말입니다. 그럼에도 부족한 것입니까?"

만족할 만한 대답은 여전히 들려오지 않았다.

"마음대로 하십시오. 우리들은 지금 즉시 떠나겠습니다."

영성의 시신을 안아든 월청은 싸늘한 한 마디를 남기고 자리를 떴다.

"어떤가?"

이자웅이 자신의 발에 묻은 영성의 피를 바라보며 물었다.

"놈의 눈빛에 거짓은 없었습니다."

영성의 죽음에도 교종은 별다른 감흥을 느끼지 못한 듯 무덤덤하기만 했다.

"하면 림주님께서 위급하시다는 말은 사실이란 말이군."

"여전히 확신할 수는 없지만 가능성은 상당히 높아 보입니다."

"녀석의 말대로 가족의 안위가 걸린 일이야. 목숨까지 버려 가며 헛소리를 지껄이지는 않았겠지."

이자웅이 씁쓸히 고개를 끄덕였다.

하지만 그는 몰랐다.

영성이 숨이 끊기는 순간까지 가족을 부탁하며 떠올린 사람은 월청이나 이자웅 등이 아니라 그들이 움직이기만을 기다리는 천검이라는 것을.

第十八章

혈강신(血强神)

"끄아아악!"

모골을 송연케 하는 처절한 비명 소리에 멀리서 싸움을 지켜보는 모든 이의 마음을 무겁게 만들었다.

능위의 손에 잡힌 살수의 머리가 두부 깨지듯 으깨지는 것을 확인한 설유의 착 가라앉은 눈빛이 살짝 흔들렸다.

"방금 죽은 저 친구. 모살문(母殺門)의 문주 아닌가?"

"맞습니다. 놀랍군요. 모살문이라면 이번에 동원된 살수단체 중 세 손가락 안에 꼽히는 곳입니다. 특히 문주 갈진(葛辰)의 실력은 솔직히 저보다도 한 수 위라고 볼 수 있지요. 한데 저리 간단히 숨이 끊기다니."

설유를 포함하여 은환살문에서 가장 많은 살행의 경험을 지니고 있는 당총은 놀라움을 감추지 못했다.

"그러게. 수하들을 미끼로 완벽한 기회를 포착한 듯싶었는데 말이지. 혈사림주가 쉽게 당할 거라는 생각은 하지 않았지만 저토록 허무하게 실패할 줄은 몰랐군."

설유가 한숨을 내쉬며 고개를 흔들자 당총이 심각한 표정으로 말했다.

"정말 괜찮을지 모르겠습니다."

"뭐가 말인가?"

"지금이라도 문주님을 말려야 하는 것은 아닌지요."

설유가 힘없이 고개를 저었다.

"말려서 들을 분이라면 애당초 시작도 하지 않으셨을 거네. 쉽게 당할 분도 아니고."

"혈사림주의 실력을 직접 보기 전까진 같은 생각이었습니다. 누가 뭐라 해도 문주님은 당대 최고의 살수니까요. 하나 갈진이 당한 꼴을 보니 말려야 한다는 생각뿐입니다."

당총의 시선이 허리춤에 차고 있는 검으로 향했다.

"갈진의 검은 분명히 혈사림주의 몸통을 파고들었습니다."

"나도 확인했네. 그리고 그 검이 허무하게 부러지는 것도 보았지."

"호신강기였을까요?"

"글쎄. 어쩌면 금강불괴의 경지에 이르렀는지도 모르지. 특히 혈사림주의 전신에서 은은히 피어나는 혈기가 영 마음에 걸려."

당총이 고개를 끄덕이며 동감을 표했다.

"뭔가 특별한 호신기공을 익힌 듯 보입니다."

"그러게. 그나저나 우습군. 놈을 신농계로 몰아오라는 명을 내렸건만 오히려 모는 것이 아니라 역으로 몰리니 말이야."

설유가 쓴웃음을 지으며 말했다.

"어쨌든 성공은 하지 않았습니까? 그나마도 두 아우가 필사적으로 애를 썼기에 가능한 일이었습니다."

문곡성과 하용걸을 떠올린 설유가 미간을 치켜 올렸다.

"혈사림주를 신농계로 이끈 것은 성공했다지만 수신호위를 상대하는 아이들의 피해가 제법 발생했다고 들었네."

"그렇잖아도 말씀드리려고 했습니다. 꽤 많은 인원이 목숨을 잃었습니다. 뭐, 실력이 부족했으니 당연한 결과겠지요. 다만……."

담담히 대답하던 당초가 말끝을 흐렸다.

"다만?"

설유의 눈꼬리가 하늘로 치켜 올라갔다.

"십이지살의 아홉째와 열째가 목숨을 잃은 것은 전혀 예상 밖의 일이었습니다."

"뭐라? 누가 목숨을 잃어?"

십이지살이라면 은환살문의 미래나 다름없는 이들이 아니던가.

결코 이런 곳에서 목숨을 잃어서 안 되는 인재들이었다.

시골 촌로로만 보였던 설유의 전신에서 죽음의 무시무시한 살기가 폭사되었다.

"세우(細雨)와 한상(寒霜)이 요언인가 뭔가 하는 놈을 노리다가 역으로 당하고 말았습니다."

"병신 같은 놈들! 그토록 조심하라 일렀거늘! 곡성과 용걸은 상황이 그 지경이 될 때까지 대체 뭣들하고 있었더란 말인가?"

"그게 조금 이상합니다."

"이상하다니?"

반문하는 설유의 음성엔 짜증과 분노가 잔뜩 뒤섞여 있었다.

"두 아우는 세우와 한상의 합공이라면 요언이라는 놈의 숨통을 확실히 끊어놓을 수 있으리라 판단했다고 합니다. 평소라면 다소 버거울 수 있었겠지만 주변 상황이 워낙 혼란스러운데다가 어두웠기 때문에 큰 문제가 없으리라 본 것이지요."

"쯧쯧, 결과가 이 모양이라면 요언이란 놈의 실력을 제대로 파악하지 못한 것 아닌가? 그래도 명색이 수신호위의 수장이건만."

"그럴 수도 있습니다. 하지만 문제는 그게 아닙니다."

당초의 표정은 상당히 심각했다.

"그럼 대체 뭐가 문제란 말인가?"

"세우와 한상은 요언에게 당한 것이 아닙니다."

"이건 또 무슨 소린가? 그놈에게 당한 것이 아니라면 일개 수신호위 따위에게 당했단 말인가?"

"그것도 아닙니다. 아우들의 전언에 따르면 두 녀석이 언제 어떻게 목숨을 잃었는지 아무도 몰랐다고 합니다. 게다가 숨이 끊긴 장소도 싸움이 있던 곳과는 다소 떨어진 곳. 그러니까 요언을 암살하기 위해 은신하던 곳이라고 하고요."

설유는 그제야 뭔가 이상함을 느꼈다.

"요언도 아니고 다른 수신호위도 아니라면 혈사림주?"

"아닙니다. 방향이 완전히 다릅니다."

당초가 고개를 흔들었다.

"하면 설마 다른 놈들이 우리를……."

"그것도 아닙니다. 어떤 미친놈들이 감히 본문의 수하들을 건드릴 수 있단 말입니까? 애당초 실력도 안 되고요. 게다가 배가 터지도록 돈을 안겼습니다."

"그러면 대체 누가 그 아이들을 죽였단 말인가?"

설유가 답답하다는 듯 대답을 재촉했다.

"두 아우가 필사적으로 흔적을 쫓고는 있지만 아직 확인되지 않고 있습니다."

"흔적을 찾는 것이라면 막내가 필요하지 않겠는가?"

"이미 합류하였습니다. 막내가 움직였으니 곧 일의 전모를 확인할 수 있을 것입니다."

"어쨌건 우리가 모르는 누군가, 혹은 세력이 존재할 수도 있다는 말이군."

잠시 망설이던 당총이 곧 고개를 끄덕였다.

"그렇습니다."

"음."

나지막한 한숨과 함께 한참을 침묵하던 설유가 다시금 입을 열었다.

"수신호위들은 몇이나 남았지?"

"열 명 남짓입니다."

"아직도? 명줄이 질기기도 하군."

"처음과는 달리 혈사림주가 홀로 폭주하는 바람에 놈들이 아니라 혈사림주에게 병력을 집중시켰으니까요. 게다가 개개인의 실력이 상당합니다. 동료를 이용하여 집단전을 펼치는 능력도 뛰어나고요. 그나마도 우리 아이들이 나서서 줄인 것입니다."

"이쯤에서 정리하는 것이 좋겠네."

"예?"

"수신호위는 외각을 틀어막고 있는 놈들에게 맡기고 본문의 아이들은 모조리 빼. 세우와 한상의 죽음도 그렇고 느낌이 영 좋지 않아."

흠칫 놀란 눈으로 설유를 응시하던 당초는 곧바로 고개를 끄덕였다. 본능적으로 죽음의 냄새를 맡는 설유의 능력을 믿는 것이다.

"그리하겠습니다. 아우들은 어찌합니까?"

설유는 대답 대신 반문했다.

"혈사림주가 신농계에 도착하려면 얼마나 시간이 걸리지?"

"마지막 공격에 동원된 인원이 꽤 많습니다. 실력도 출중하고. 제아무리 혈사림주라도 그 정도 매복을 뚫으려면 최소한 한 시진 정도는 걸릴 겁니다."

설유가 고개를 흔들었다.

"늦어도 반 시진 이내로 신농계에 도착하라 전하게. 혈사림주도 그 이상은 걸리지 않을 걸세."

"막내의 능력이 아무리 출중해도 반 시진이라면 너무 촉박하지 않겠습니까?"

"못 찾으면 할 수 없는 것이지. 누가 개입했든 상관없네. 일단 우리에게 가장 중요한 것은 문주님의 안위야. 혈사림주의 실력을 감안하면 만반의 준비를 해야 하는 상황이네."

문주의 안위가 우선이라는 말에 당초는 감히 토를 달지 못했다.

"알겠습니다. 그리 전하지요."

명을 받은 당초가 순식간에 모습을 감추었다.

"모르겠군. 누군가 개입을 했다면 우리의 눈에 띄지 않을 수가 없었을 터인데. 대체 누가……."

생각지도 못한 변수에 골치가 아파왔다.

뇌리를 파고드는 한줄기 고통에 설유가 왼쪽 눈을 찡그리며 관자놀이를 짚었다.

"훗, 이제 암습은 포기한 것인가? 살수들이 전면전이라. 쯧쯧, 너무 쉽게 포기를 하는군. 좀 더 노력을 해보지."

능위가 차갑게 비웃었다.

그런 능위를 향해 삼십이 넘는 살수들이 그들이 낼 수 있는 최고의 속력으로 달려들고 있었다.

마치 날개라도 달린 듯 하늘에서 쏘아져 오는 사람도 있었고 지둔술을 이용하여 땅 밑으로 접근하는 살수들도 있었다.

그들 중 자신의 공격이 혈사림주에게 통하리라 확신한 사람은 아무도 없었다.

유송객점에서 첫 공격이 시작된 후 지금까지 혈사림주에게 목숨을 잃은 인원은 오백이 넘었다.

비록 수신호위들이 희생자들의 일부를 감당했다 해도 단 한 사람이 그 많은 인원을, 게다가 실력이 뛰어나든 그렇지 못하든 저마다 자신만의 살예를 지니고 있는 살수들을 일방적으로 도륙한 것이었으니 그야말로 전무후무한 일이었다.

그것을 증명이라도 하듯 공격을 당하는 능위의 태도는 당당하다 못해 여유롭기까지 했다.

"오랏!"

능위가 양팔을 활짝 벌렸다.

웃고 있는 듯했으나 눈동자는 한기가 들 정도로 차가웠다.

전신은 온통 허점 투성이.

그것이 오히려 두려웠다.

어느새 그의 몸을 휘감고 있는 혈기가 주변을 잠식하기 시작했다.

혈기의 기운만으로도 반수의 살수들이 힘없이 쓰러지고 말았다.

"주, 죽어랏!"

막강한 힘으로 주변을 장악한 혈기를 가장 먼저 뚫어내고 능위의 배후에 도착한 사람은 얼마 전 그에게 목숨을 잃은 모 살문주 갈진의 동생이었다.

거의 동시에 땅거죽이 솟구쳤다.

지둔술을 펼치며 접근한 잠영루(潛影樓)의 두 장로였다.

상대적으로 혈기의 영향력이 적었기에 그들의 공격은 누구보다 날카롭고 위협적이었다. 게다가 능위가 쉽게 몸을 피하지 못하도록 절묘하게 방위를 차단하는 합격을 이루고 있었다.

능위의 좌측에서도 독이 잔뜩 묻은 쇠꼬챙이가 빠르게 파고들었다.

쇠꼬챙이 밑으로 한줄기 파공성과 함께 열두 자루의 비수가 날아들었다.

정면에선 뇌화문의 화탄을 품에 지닌 회심각(回心閣)의 살수들이 괴성을 지르며 달려들었고 머리 위에선 유성우가 떨어지듯 종류를 헤아릴 수 없을 정도로 많은 암기가 온 천하를 뒤덮고 있었다. 그 암기들로 인해 합공을 하는 다른 살수들이 목숨을 잃을 수 있다는 것은 아예 신경조차 쓰지 않는 듯했다.

사방에서 밀려드는 다양한 공격.

오직 자신만을 노리고 짓쳐드는 공격을 바라보는 능위의

얼굴엔 두려움은커녕 웃음기마저 감돌고 있었다.

"재밌군. 아주 재밌어."

웃음이 끝나는 순간, 그의 몸을 중심으로 열두 개의 고리가 형성되었다.

그것이 바로 설유와 당총이 의심했던 호신강기의 정체로 능위가 혈강신을 이루면서 자연스럽게 터득한 극강의 호신강기 혈강환(血罡環)이었다.

능위의 배후를 파고들던 검은 물론이고 다리를 노렸던 잠영루 장로들의 검 또한 혈강환과 부딪치며 그대로 부러져 버렸다.

좌측의 쇠꼬챙이는 엿가락 휘듯 휘어졌으며 은밀히 날아들던 단검들 또한 힘없이 튕겨져 나갔고 머리 위를 뒤덮던 암기들은 아예 흔적도 없이 사라져 버렸다.

그나마 뭔가 여지를 남긴 것은 정면에서 화탄을 안고 들이닥친 공격이었다.

접근시키지 않을 수도 있었고 충분히 피할 수도 있었지만 능위는 그러지 않았다.

혈강환을, 스스로의 힘을 절대적으로 믿고 시험하고픈 욕망에 사로잡혀 화탄의 공격을 고스란히 받아들였다.

꽈꽈꽈꽝!

화산이 폭발하는 듯한 굉음이 울리면서 사방 십여 장의 공간이 그야말로 초토화가 되어버렸다.

땅이 뒤집히고 허공으로 치솟은 흙과 산산조각 난 돌멩이들이 살벌한 파편이 되어 주변을 휩쓸었다.

파편에 휘말린 잠영루 장로들은 온몸이 갈가리 찢겨 그 자리에서 즉사했고 갈진의 동생 또한 안면이 완전히 함몰된 상태로 숨이 끊어졌다.

그들과 함께 합공을 했던 자들 또한 약간의 시간차가 있을 뿐 거의 모든 인원이 폭발의 여파로 목숨을 잃고 말았다.

"마, 말도 안 돼!"

"괴, 괴물. 괴물이다!"

겨우 목숨을 구한 몇몇 이가 공포에 질린 얼굴로 뒷걸음질 쳤다.

폭발에서도 건재한 능위가 부드러운 미소를 지으며 움직이는 것을 본 것이다.

말이 좋아 부드러운 미소지 그들에게 있어선 야차의 웃음보다 더욱 공포스럽고 절망스런 웃음이었다.

"크크, 이제 내 차롄가?"

가볍게 웃음을 내뱉은 능위가 공포에 질린 살수들을 향해 움직였다.

손에는 방금 전의 폭발로 목숨을 잃은 시신 한구가 들려 있었다.

'대체 시신을 왜?'

모두가 그렇게 생각하고 있을 때 그들은 손에 잡힌 시신을 아무렇게나 집어던지는 능위의 모습을 볼 수 있었다.

허공을 가르는 시신.

어느 순간, 붉은 혈기가 시신을 감싸고 이내 거대한 폭발을 한 시신의 육편(肉片)과 골편(骨片)이 무수한 암기가 되어 살수들을 위협했다.

"피해랏!"

누군가의 외침에도 불구하고 단 한 번의 공격으로 상당한 인원이 목숨을 잃고 말았다.

그것은 시작에 불과했다.

그들의 주검은 능위의 손에 능욕당하며 또다시 동료들의 목숨을 노렸다.

널리고 널린 것이 시신이었다.

능위는 마치 천진한 어린아이가 조약돌을 던지듯 장난처럼 시신을 던지고 걷어찼다.

그때마다 터져 나가는 시신과 그로 인해 무수한 살수들이 비참하게 목숨을 잃었다.

지옥도가 따로 없었다.

남의 생명을 빼앗으며 연명하는 살수들에게 동정 따위는 우스운 것이었지만 지금 이 순간만큼은 그들이 가엽고 불쌍

하고 안타깝게 여겨질 정도였다.

"크하하하하!"

거대한 광소와 함께 능위의 움직임이 멈췄을 땐 그의 주변에 숨이 붙어 있는 사람이 단 한 명도 없었다.

녹음이 우거졌던 숲도 존재하지 않았다.

여명에 살포시 모습을 드러낸 숲은 온통 붉은 피로 물들어 있었다.

* * *

날이 밝고 있었다.

"흐음. 대충 끝난 건가?"

흐트러진 머릿결을 쓸어 넘기는 능위의 얼굴엔 지친 기색이 역력했다.

지난밤부터 홀로 수백 명을 상대했으니 그럴 만도 했다.

압도적인 힘으로 자신을 노리는 살수들을 일방적으로 도륙하다시피 했지만 개중에는 상당히 뛰어난 살예를 지닌 살수들이 있었고 그들로 인해 몸 곳곳에 적지 않은 부상을 당했다. 더구나 오랜 싸움으로 인해 끝을 모르던 내력 또한 바닥을 드러내고 있었다.

"쯧쯧, 기분에 취해 너무 무리를 했군."

금강불괴의 경지라 스스로 자부하는 단단한 몸에 혈강환이라는 호신강기를 믿고 화탄에 정면으로 맞섰고 당당히 이겨냈다.

하지만 화탄의 힘은 자신의 생각보다 위력적이었다.

외견상 큰 이상은 없어 보여도 내부적으로 오장육부가 흔들리며 몸의 균형이 무너졌고 무리하게 진기를 운용하는 바람에 상당한 내상을 입고 말았다.

그 상태에서 무리하는 것을 멈추고 몸을 추슬렀다면 그나마도 문제가 적었을 것이나 감정적으로 극도로 흥분을 한 나머지 마지막까지 폭주를 하고 말았다.

구천마라혈사진기(九泉魔羅血邪眞氣)라는 희대의 사공의 힘으로 인해 빠르게 회복하는 중이었으나 예전의 모습으로 되돌아오기까지는 조금 시간이 걸릴 듯했다.

"꼴도 말이 아니고."

능위는 머리에서 발끝까지 핏빛으로 물든 자신을 확인하곤 눈살을 찌푸렸다.

전포를 벗어던졌지만 단순히 옷이 문제가 아니었다.

찝찝한 기분은 가시지 않았고 특히 코를 찌르는 피비린내가 몹시 역겨웠다.

"이놈의 비린내만 없으면 좋겠는데 말이야."

온 숲을 피로 물들인 사람이 본임임을 무시한 채 툴툴거리며 걸음을 옮긴 능위의 앞에 잔잔히 흐르는 신농계의 물줄기가 모습을 드러냈다.

아직은 어둠에서 완전히 벗어나지 못했지만 깎아지른 듯한 절벽을 가만히 품고 도는 풍광이 제법 그럴 듯했다.

온몸을 적신 피로 인해 짜증이 나 있던 능위가 반색을 하며 걸음을 옮겼다.

몇 걸음을 옮겼을까?

능위의 걸음이 점점 느려지는가 싶더니 어느새 멈춰졌다.

찬찬히 주변을 살피는 그의 얼굴에 묘한 웃음이 지어졌다.

"분명히 뭔가가 있는데 말이지."

천근만근 무거운 몸이었지만 밤새도록 잘 벼린 칼날처럼 다듬어진 전신의 감각이 위험신호를 보내고 있었다.

재밌는 것은 그 어떤 적의 흔적도, 기감도 느껴지지 않는다는 것이었다.

"설마하니 본좌의 이목을 속일 수 있다는 건가?"

위험이 근접해 있음을 직감하면서도 그 실체를 파악할 수 없음에 어이없는 웃음이 흘러나왔다.

"뭐, 기다려 보면 알겠지."

가볍게 읊조린 능위가 멈췄던 걸음을 다시 옮겼다.

한 걸음. 한 걸음.

움직일 때마다 전신을 자극하는 위기감은 더욱 증대되었

고 위기감이 휘몰아쳤다.

마침내 그의 발길이 신농계의 물줄기에 도착했다.

신농계의 수심은 깊지 않았다.

중심은 다소 깊은지 몰라도 눈에 보이는 곳은 한 자 깊이를 넘지 않았다.

능위의 날카로운 눈빛이 신농계의 물줄기를 살폈다.

모든 만물이 깨어나는 새벽이었으나 신농계 주변은 그저 질식할 것 같은 적막감만이 있을 뿐이었다.

물이 얕아 매복은 불가능해 보였다.

혹시 바닥을 파고 들어가 은신을 한 것은 아닌지 살펴보았으나 별다른 흔적이 보이지 않았다.

위험 요소가 없다고 판단한 능위가 한쪽 무릎을 가만히 꿇으며 피로 물든 손을 닦았다.

경건한 의식이라도 치르는 듯 신중히 손을 닦은 능위가 얼굴에 묻은 피를 닦기 시작할 때 착 가라앉은 그의 눈동자에서 기광이 번뜩였다.

'드디어 움직였군.'

고도로 집중을 하지 않았다면 미처 눈치채지 못할 정도로 은밀한 움직임이 있었다.

'대단하군. 몇 명 더 있는 것 같은데 느껴지는 기운은 넷이라니. 뭐, 상관없겠지. 이제 기다리기만 하면 되는 건가?'

마침내 적의 존재를 눈치챈 능위의 얼굴에 차가운 살소가 지어졌다. 긴장했던 동작도 한결 부드러워졌다.

능위는 적의 공격을 기다리며 차분히 진기를 끌어올렸다.

얼굴을 지나 목에 묻은 피를 닦아내려는 찰나 후미의 숲에서 미약한 움직임이 있었다.

움직임을 느끼는 것과 동시에 일곱 개의 살기가 한꺼번에 쏟아졌다.

적이 움직이기만을 기다렸던 능위가 번개같이 튕기듯 일어나며 몸을 돌리는 순간, 물속에서 한줄기 섬광이 솟구쳤다.

뭔가 잘못되었다는 것을 느꼈을 땐 검은 이미 등줄기를 파고들고 있었다.

혈강환이 주인의 몸을 보호하기 위해 필사적이었음에도 검의 힘은 혈강환의 방어막을 이겨낼 정도로 대단했다.

"크헉!"

수백의 살수를 도륙하는 동안 크고 작은 부상을 당했음에도 신음 하나 흘리지 않았던 능위의 입에서 처음으로 비명이 흘러나왔다.

엄청난 고통이 머리에서 발끝까지 일직선으로 관통했다.

그나마 다행이라면 혈강환의 힘에 의해 명문혈을 노렸던 검의 방향이 다소 빗나갔다는 것. 만약 명문혈에 공격을 당했다면 반격을 할 엄두 자체를 내지 못했을 터였다.

능위는 좌측 등허리에 고통이 느껴지는 순간 반사적으로 몸을 틀며 검의 주인을 향해 장력을 날렸다.

펑!

삼 장 높이까지 치솟는 하얀 물보라와 함께 신농계 바닥에 은신해 있던 풍도가 모습을 드러냈다.

"재주가 좋은 놈이구나."

능위는 비틀거리는 풍도를 향해 비릿한 웃음을 흘렸다.

자신의 이목을 피해 물속에 숨어 있었던 것도 대단했고 혈강환을 뚫고 공격을 성공시킨 것도 대단했으며 자신의 장력에 제대로 타격을 받았음에도 별다른 충격을 받지 않은 듯한 모습도 진심으로 대단했다.

"……."

풍도는 입을 열수가 없었다.

큰 부상을 당한 것 같지는 않다고 여기는 능위와는 달리 풍도는 이미 치명상을 당한 상태였다.

우선 혈강환을 뚫어내는 과정에서 그 반탄력에 의해 상당한 내상을 당했다.

게다가 능위의 역습에 제대로 당하고 말았는데 그토록 빨리 반격을 하리라 전혀 예상하지 못했기에 충격은 더 컸다. 필사적으로 버티고는 있었으나 당장 피를 토하고 쓰러져도 무방할 정도의 치명타였다.

"설마하니 본좌의 이목을 숨기고 이 얕은 냇물 바닥에 은신해 있을 줄은 상상도 못했다. 특별한 귀식대법이라도 익힌 모양이야. 그리고 미끼도 훌륭했고."

능위는 후미에 나타난 일곱 명의 살수를 힐끗 돌아보며 말했다.

여유로운 표정과는 달리 능위는 현재 상당히 긴장을 하고 있었다.

자신의 몸에 검을 박아 넣은 풍도는 물론이고 뒤에서 기회만을 노리고 있는 살수들의 실력 또한 상상 이상이었다.

지금껏 싸워왔던, 몇몇은 제법 그럴 듯한 실력을 지녔으나 대다수가 그저 그런 살수들 따위와는 차원이 다를 정도로 뛰어난 실력이 느껴졌다.

그러고 보니 뭔가 떠오르는 것이 있었다.

"그렇군. 은환살문에 일곱 명의 살귀가 있다고 들었다. 네 놈들이 바로 그 칠원성군인가 뭔가 하는 놈들이었군. 그리고……."

능위가 풍도를 향해 고개를 돌렸다.

"그런 칠원성군을 거느릴 정도의 살수라면 은환살문의 문주뿐이겠지."

"반갑… 소이다."

풍도가 희미한 웃음을 지어 보이며 손을 흔들었다.

난데없는 행동에 일순 멍한 표정을 짓던 능위가 피식 웃음을 터뜨렸다.

"크, 네놈도 정상은 아니구나. 하긴 그러니 본좌를 노렸겠지. 하지만 그 대가가 얼마나 가혹할지는 지금부터 뼈저리게 느끼게 될 것이다."

"이미 느끼고 있소."

풍도가 실없는 웃음을 짓는 순간, 그가 검을 쥘 힘조차 없을 정도로 망가졌다는 것을 간파한 설유의 신호에 칠원성군이 일제히 공격을 시작했다.

능위에게 조금이라도 시간적 여유를 줘서는 안 된다는 어떤 절박함까지 느껴지는 공격이었다.

북두칠성의 방위를 점하며 움직이는 칠원성군.

단 일곱 명이 만든 합격진이었지만 능위는 그 합격진이야말로 밤새도록 자신을 쫓았던 천라지망보다 더욱 견고하고 빈틈없으며 위협적이라는 것을 인정해야만 했다.

위기감을 느끼자 혈강환이 그의 몸을 겹겹이 에워쌌다.

핏빛보다 더 붉었던 색은 많이 엷어진 상태였다.

그건 곧 혈강환이 완전하지 못하다는 것이었고 위력 또한 감소됨을 의미했다.

'잡을 수 있다.'

합격진을 지휘하던 설유는 칠공에서 피를 흘리는 능위의

모습을 확인하며 발치에서부터 밀려오는 짜릿한 전율감에 몸을 떨었다.

은환살문이 천하십강 중 한 명이자 무림을 삼분하는 혈사림주 암살에 성공하는 역사적인 순간이었다.

설유가 머릿속에서 승리를 꿈꾸고 있을 때 그 누구도 생각하지 못한 일이 벌어졌다.

북두칠성의 맨 앞자리이자 공격의 첨병 역할을 수행하던 하용걸이 외마디 비명을 지르며 그대로 고꾸라진 것이다.

"암습이다!"

짧은 외침과 함께 사방으로 흩어지는 칠원성군.

그러나 이를 용납할 능위가 아니었다.

마라혈강수(魔羅血罡手)의 절초가 펼쳐지고 그의 손에서 뻗어 나간 예리한 강기가 물러나던 초화영과 문곡성을 덮쳤다.

"아악!"

날카로운 비명과 함께 초화영의 허리가 그대로 꺾여 버렸다.

생존 여부를 확인할 필요도 없었다.

문곡성의 몸도 휘청거렸다.

다행히 목숨은 구한 것 같지만 왼쪽 팔은 어깨부터 깨끗하게 잘려 나갔고 상처가 가슴까지 이르고 있었다.

그사이 풍도를 향해 달려간 설유와 당초가 두 눈을 부릅뜨고 있는 풍도의 양팔을 잡고 바람처럼 내달리고 있었다.

능위가 그들을 잡기 위해 몸을 움직이려 하자 칠원성군 중 나머지 두 명, 가도(加桃), 가화(加花) 형제가 그의 앞을 가로막았다.

"버러지 같은 놈들이!"

칠공에서 피를 철철 흘리는 능위의 얼굴이 흉신악살처럼 변했다.

몸에 남은 마지막 힘을 쥐어짠 마라혈강수가 그들을 노리며 짓쳐들었다.

환상처럼 흔들리는 신형.

마라혈강수가 허무하게 허공을 가르고 둘의 모습이 거짓말처럼 사라졌다.

평소라면 그들의 움직임을 놓칠 리 없는 능위였으나 부상의 상태가 너무 심했다.

놓쳤다고 여기는 순간, 발밑에서 검 하나가 치솟았다.

머리위에서도 또 다른 검이 모습을 보였다.

이름하여 천지합일(天地合一).

지금껏 실패를 몰랐던 형제의 필살기였다.

절체절명의 위기.

또 한 번의 기적이 일어난 것은 밑에서부터 공격을 하던 가화의 정수리에 검이 꽂히면서였다.

가화가 비명도 지르지 못한 채 절명하고 아래쪽 공격에 신경 쓸 필요가 없던 능위가 가도를 향해 손을 뻗었다.

이전만큼의 위력은 없다고는 해도 마라혈강수는 가도가 감당할 무공이 아니었다.

마라혈강수에 부딪친 검이 산산조각이 나고 그 파편이, 남은 여력의 힘이 가도의 전신을 강타했다.

사지가 찢겨져 나가는 고통 속에 가도는 가화의 등을 밟고 그의 정수리에 박힌 검을 꺼내는 괴인영을 확인했다.

'누군가 개입했네. 예기치 못한 변수가 발생했어.'

얼마 전 들었던 설유의 음성이 환청처럼 맴돌았다.

'변수치고는 너무 강하…….'

생각은 이어지지 못했다.

능위가 무너지는 가도의 얼굴을 그대로 날려 버렸기 때문이었다.

가도를 쓰러뜨린 능위가 그대로 주저앉았다.

거친 숨을 몰아쉬는 그의 앞에 한 사내가 부복했다. 언제가 흑비조 수장의 목을 날려 버린 사암이었다.

"누가 함부로 나서라고 했느냐?"

"……."

살기로 번들거리는 눈으로 사암을 노려보던 능위가 멀리서 달려오는 수신호위들을 가리키며 말했다.

"본좌의 명은 저 멍청한 놈들을 지키라는 것이었는데."

요언을 필두로 해서 생존자는 정확히 열둘.

천라지망을 펼쳤던 살수들의 숫자를 생각하면 거의 모든 병력이 능위에게 집중되었음을 감안하더라도 그 정도 인원이 살아남았다는 것 자체가 기적이었다.

사암이 침묵을 지키자 능위가 손을 내저었다.

"되었다. 저만큼이나 살아 있는 것도 네 덕이겠지. 뭐, 본좌도 생명의 빚을 진 셈이고."

"가, 감당키 힘든 말씀입니다."

능위의 입꼬리가 뒤틀렸다.

"고맙다고 해야 하느냐?"

"말씀 거두워 주십시오!"

사암이 대경하여 땅바닥에 머리를 찧었다.

단박에 머리가 깨지며 피가 흘러내렸다.

사암은 능위가 멈추라는 명을 내릴 때까지 몇 번이고 바닥에 머리를 찧었다.

서늘한 눈으로 사암을 바라보던 능위가 조용히 말했다.

"이번 한 번뿐이다. 다시는 명 없이 본좌의 싸움에 나서지 마라. 설사 본좌의 목숨이 끊어지는 상황에서라도."

"조, 존명!"

피투성이가 된 사암의 대답에 언제 화를 냈느냐는 듯 노기를 누그러뜨린 능위가 부드러운 음성으로 물었다.

"아니다. 네 녀석이 나설 정도면 본좌가 그만큼 위험했었다는 것을 말하는 것이겠지. 위험했느냐?"

"……."

"괜찮다. 솔직히 말해 보거라."

"부, 부상이 너무 심하셨습니다."

에두른 대답에 능위는 고개를 끄덕였다.

"혈강신을 이루었다고 본좌가 너무 자만했던 것 같다. 호위 병력을 늘리라는 귀령의 충고를 들었어야 했는데 말이다. 그래도 그만큼 소득은 있었으니까 덜 억울하군."

밤새 이뤄진 전투를 통해 능위는 마라혈사진기는 물론이고 혈강환, 마라혈강수 등 이번에 새롭게 익힌 무공들을 완벽하게 자신의 것으로 만드는데 성공했다.

혈강신을 이루는 과정에서 이미 대성을 했다고 해도 단순히 수련을 통해 익힌 것과 실전으로 단련하는 것은 하늘과 땅 차이가 나는 법이다.

부상에서 회복을 하고 나면 한층 뛰어난 실력을 지니게 될 터였다.

"그런데 저놈들은 또 뭐지?"

능위의 시선이 신농계 맞은편으로 향했다.

흠칫 놀란 사암이 고개를 돌렸다.

빠르게 접근하는 일단의 무리가 눈에 들어왔다.

근 이백에 가까운 엄청난 숫자에 뿜어내는 기세들이 예사롭지 않았다.

혹여 적은 아닐까 긴장된 눈으로 그들을 바라보던 사암의 눈동자가 살짝 빛났다.

"아군입니다."

"아군?"

아군이라는 말에 능위의 얼굴이 확 구겨졌다.

"어떤 놈이 이곳으로 온단 말이야?"

굳이 대답을 할 필요는 없었다.

혈룡승천대를 이끌고 달려오던 이자웅이 단 두 번의 도약으로 신농계를 뛰어 넘어 도착했기 때문이었다.

"림주님!"

이자웅이 피투성이가 된 능위의 모습에 깜짝 놀라며 소리쳤다.

"철혈독심. 네가 여긴 어쩐 일이냐?"

능위가 어처구니없다는 표정으로 되물었다.

"림주님께서 위험하시다는 전갈을 받고 달려왔습니다."

이자웅은 능위의 얼굴에 서린 분노를 읽지 못하고 있었다.

"본좌가 위험하다? 허! 교종과 시검창에 혈룡승천대까지 왔군."

신농계를 넘어 속속 도착하는 이들을 바라보는 능위의 눈빛은 흡사 먹이를 눈앞에 둔 살모사와 다르지 않았다.

비로소 능위의 심기를 간파한 이자웅은 아차 하는 심정이었다. 능위의 표정만으로 이미 상황이 어찌 돌아가는지 눈치챘다.

'여차하면 죽는다.'

능위의 성정을 익히 아는 바, 이자웅은 현재 자신이 천길 낭떠러지에 한발을 들고 서 있음을 직감했다.

이자웅보다 더욱 심계가 뛰어난 교종 역시 뭔가 일이 틀어졌음을 단번에 알아차렸다.

'역시. 노부의 예상이 맞은 건가?'

눈치 없는 시검창이 기겁할 듯 놀라며 호들갑을 떨었다.

"이게 대체 어찌 된 것입니까, 림주님? 림주님께서 위험하시다는 전갈에 급히 달려왔건만 설마하니 이토록 심각한 상황에 처하신 줄은 미처 몰랐습니다. 사암, 네놈은 림주께서 이지경이 되실 때까지 뭐를 하고 있었단 말이냐?"

시검창은 피투성이로 변한 능위와는 달리 멀쩡한 모습의 사암을 보며 불같이 화를 냈다.

"시검창."

"예. 림주님."

능위가 손가락을 까딱이자 시검창이 총총 걸음으로 달려 갔다.

"입 닥치라고!"

벼락같은 호통과 함께 능위의 주먹이 시검창의 안면을 강타했다.

시검창은 느닷없이 날아드는 주먹을 확인했으나 감히 피하지 못했다.

퍽!

둔탁한 소리와 함께 시검창의 몸이 삼 장 밖으로 나가떨어졌다.

주먹에 맞은 왼쪽 광대뼈가 박살이 나며 얼굴이 함몰됐고 그다지 성치 않은 이빨도 피와 뒤섞여 쏟아져 내렸다.

"이자웅."

"예, 림주님."

이자웅이 바짝 긴장한 얼굴로 대답했다.

"본좌가 방금 전 어쩐 일이냐고 물었다."

"림주님께서 위험에 빠지셨다는 전갈을 받았습니다."

"그러니까 어떤 놈에게?"

"지난밤에 영성이라는 수신호위가 무이산에 도착을 했습니다."

"영성이라면……."

미간을 잔뜩 찌푸린 능위가 고개를 돌리자 요언이 놀란 눈을 치켜뜨며 말했다.

"어, 얼마 전 수련 중에 큰 부상을 당해 이번 행차에 수행하지 못한 친구입니다. 한데 그 친구가 어째서……."

요언은 영성이 무이산에 나타났다는 말에 무척이나 당황하고 있었다.

"그놈이 본좌가 위험에 빠졌다고 말하더냐?"

"그렇습니다. 더불어 무이산뿐만 아니라 림에도 지원 요청을 위해 전령이 움직였다고 했습니다."

"그 말을 믿었다?"

"믿지 않기엔 상황이 너무 좋지 않았습니다. 근래에 흉흉한 소문이 돌고 있었기에……."

이자웅은 능위의 눈치를 보며 말끝을 흐렸다.

"닥쳐라. 그딴 소문은 중요한 것이 아니다. 본좌는 분명 광의를 지키라는 명을 내렸다."

능위의 눈이 험악해지자 이자웅은 바로 지금이 가장 위험한 시기라는 것을 본능적으로 눈치챘다.

그건 교종 또한 마찬가지였다.

"처, 처음부터 그놈의 말을 믿었던 것은 아닙니다."

이자웅을 잡아먹을 듯 노려보던 능위의 싸늘한 시선이 교종에게 향했다.

"놈이 온몸에 큰 부상을 당한 채 도착을 했고 수신호위라는 믿을 만한 신분을 지니고 있음을 확인했음에도 무이산을 떠날 생각은 없었습니다."

"한데 어째서 떠난 것이냐? 본좌의 명을 어기고."

능위가 비릿한 웃음을 지으며 되물었다.

교종은 등 뒤로 식은땀이 흐르는 것을 느끼며 차분히 말을 이었다.

"놈이 가족의 미래를 부탁하며 스스로 목숨을 끊었기 때문입니다."

"스스로 목숨을 끊어?"

"그렇습니다. 놈은 우리의 지원이 없으면 림주님께서 목숨을 잃으실 것이라 말했습니다. 림주님께서 목숨을 잃으시면 수신호위로서 어차피 살아남지 못할 것이고 그럴 바에야 차라리 스스로 목숨을 끊어 상황의 위급함을 알리겠다고 했습니다. 피까지 토해가며 외치는 놈의 표정은 실로 간절하고 절박했습니다. 거기에 가족의 후사까지 부탁하며 목숨을 끊으니 믿지 않을 도리가 없었습니다. 림주께서 내리신 명이 천명(天命)임을 모르지 않으나 이 우둔한 늙은이들과 수하들에게 림주님의 안위는 하늘 그 자체입니다."

"흠."

능위는 교종의 설명을 들으며 조금씩 화를 누그러뜨렸다.

이자웅이나 교종 등이 바보가 아닌 이상 함부로 무이산을 벗어나지는 않았을 터. 그가 듣기에도 영성이라는 놈의 행동에 설득력이 상당했다.

스스로 목숨까지 끊어가며 속이려는 상황에서 속지 않는 일도 쉽지는 않을 듯했다.

무엇보다 하늘 그 자체라는 교종의 마지막 말이 그의 마음을 흡족하게 만들었다.

"현재 광의를 지키고 있는 병력은 얼마나 되지?"

"혈룡승천대 백과 수신호위들이 전부입니다. 대략 백오십 정도 됩니다."

"백오십이라. 너무 적군."

"그래도 나름 뛰어난 녀석들만 남겼습니다. 게다가 두 명의 사군이 버티고 있으니 쉽게 무너지지는 않을 것입니다."

"그러면 다행이겠지. 하지만 광의를 노릴 정도라면 만만치 않은 놈들이 공격을 하고 있을 것이다. 아무튼 지금 즉시 병력을 돌려 무이산으로 돌아가라. 본좌는 곧 뒤따라가겠다."

능위는 이자웅의 대답을 듣지도 않고 그 자리에 앉아서 가부좌를 틀었다.

슬며시 다가온 사암이 착 가라앉은 눈빛으로 사위를 쓸어보았다.

지금 이 순간부터 누구라도 접근하면 그의 검에 목숨을 잃게 된다는 경고였다.

간신히 목숨을 연명한 이자웅과 교종은 지친 혈룡승천대를 독려하며 즉시 무이산으로 떠났다.

부상이 심각한 시검창은 일부 병력과 함께 뒤에 남았는데 부상에도 불구하고 그의 얼굴엔 가능하면 따라가고 싶어 하는 표정이 역력했다.

이자웅 등이 신농계를 넘어 사라지자 능위가 지그시 감았던 눈을 떴다.

'광의가 본좌에게 알린 사실이 사실이라면 어지간한 적은 막을 수 있다. 문제는 그 늙은이가 제대로 나설지 의문이라는 것인데…….'

생각은 이어지지 않았다.

어차피 지금 그가 할 수 있는 일은 아무것도 없었다.

그저 빨리 몸을 추스른 후 무이산으로 가는 것만이 최선이었다.

능위의 눈이 다시 감기고 그의 전신이 서서히 혈기에 휩싸이기 시작했다.

第十九章
불사완구(不死玩具)

복호암 주변을 지키고 있던 혈룡승천대와 수신호위들이 모조리 쓰러진 것은 동쪽 하늘에서 아침 해가 살짝 비칠 때였다.

단 십 초 만에 위강의 심장을 갈라 버리며 사실상 싸움을 끝내 버린 천검은 생각보다 시간이 많이 흘렀음에 눈살을 찌푸렸다.

"츱, 너무 늦어."

그나마 지원군의 동태를 살피라고 따라 보낸 전령에게서 별다른 연락이 없다는 것이 다행이라면 다행이었다.

"대장님."

천검이 고개를 돌렸다.

광홍이 숨을 헉헉 몰아쉬며 달려왔다.

"끝났습니다."

"피해는?"

"열둘이 목숨을 잃었습니다."

"음."

예상보다 조금 많은 숫자에 천검의 미간에 주름이 잡혔다.

"수신호위 놈들의 저항이 상당히 거셌습니다. 특히 월청이란 놈이 아주 독종이더군요. 마지막에 자폭까지 하는 바람에 피해가 컸습니다."

광홍이 천검의 눈치를 살피며 말했다.

멸혼대가 상대한 적들이 혈사림에서도 최정예로 손꼽히는 수신호위라는 것을 위안 삼으며 불편한 심정을 애써 억누른 천검이 다시 물었다.

"광의는 어찌 되었느냐?"

"확보했습니다."

"쉽지는 않았을 터인데. 쉽게 투항을 하더냐?"

"예, 명색이 혈사림의 장로라기에 조금 긴장을 했습니다만 아무런 저항도 하지 않았습니다. 오히려 수신호위들이 목숨을 잃는 장면을 보면서 미소까지 짓더군요."

"미소를 짓는다? 자신을 보호하던 수신호위들의 죽음을 보면서?"

천검이 어이없다는 듯 되물었다.

"예, 이름 그대로 정말 미친 영감 같았습니다. 게다가 생긴 것도 어찌나 괴팍하게 생겼는지 영 마음에 들지 않습니다."

광의를 떠올리는 것만으로도 기분이 나빴는지 광홍이 떨떠름한 표정을 지었다.

"성격이나 외모 따위는 상관없다. 우린 그저 그의 머릿속에 든 지식만이 필요할 뿐이니까. 자, 가보자. 대체 어떤 위인이기에 혈사림주가 이토록 엄중히 관리를 하고 군사께서 직접 놈을 데리고 오라고 명을 하셨는지 궁금하다."

"앞장서겠습니다."

광홍이 한 발 앞서 광의가 머물며 연구를 하는 전각으로 방향을 잡았다.

광홍이 도착한 곳의 전각은 의외로 규모가 작았다.

천검이 고개를 갸웃거리자 광홍이 재빨리 설명을 했다.

"지하로 이어진 통로가 있었습니다. 아마도 대부분의 연구는 바로 그곳에서 행해지고 있는 것 같았습니다. 수하들을 내려 보내려 했으나 위험한 기관이 설치되어 있어 일단 중지시켰습니다."

가볍게 고개를 끄덕인 천검이 성큼성큼 걸음을 옮기더니

문이 활짝 열려 있는 전각 안으로 지체없이 들어섰다.

밖에서 본 전각의 규모를 보아 상당히 좁을 거라 예상했던 실내는 낡은 침상과 몇몇 잡다한 집기를 제외하곤 휑하다 싶을 만큼 소박하게 꾸며졌기에 그런지 의외로 넓어보였다.

광의는 그 침상에 비스듬히 누워 차를 홀짝이고 있었다.

멸혼대원들이 잡아먹을 듯 노려보고 있었지만 전혀 개의치 않는 표정이었다.

"허!"

수하들에게 둘러싸여 두려움에 떨고 있는 광의의 모습을 연상했던 천검은 막상 차를 홀짝이며 여유로운 그의 모습을 보자 실소가 터져 나왔다.

방금 전, 영 마음에 들지 않는다던 광홍의 말을 금방 이해할 수 있을 것 같았다.

지그시 눈을 감고 차향을 음미하던 광의가 번쩍 눈을 떴다. 그리곤 회백색의 묘한 눈빛으로 천검의 전신을 훑었다.

"네가 이놈들의 우두머리냐?"

마치 아랫사람 다루듯 하는 광의의 태도에 광홍이 참지 못하고 소리를 질렀다.

"닥쳐라! 이분이 누구신줄 알고 함부로 지껄이는 것이냐?"

광홍이 무시무시한 살기를 드러냈지만 광의는 코웃음을 칠 뿐이었다.

"조무래기는 저쪽으로 찌그러져 있고. 네놈이 우두머리냐고 물었다."

홍미로운 표정으로 광의를 지켜보던 천검이 피식 웃으며 고개를 끄덕였다.

"맞소. 내가 우두머리요."

"고놈 참. 눈빛 하나는 마음에 드는군. 그래, 어디서 기어온 것이냐?"

"비밀이오."

"비밀? 지랄한다. 딱 보니 알겠고만."

광의가 가소롭다는 듯 비웃었다.

"어디서 온 것 같소?"

"장군가."

광의가 한 마디로 단정 짓자 천검도 조금은 놀랄 수밖에 없었다.

"억측은 좋아하지 않소. 우리가 장군가의 사람이란 이유라도 있소?"

"네놈이 지금 노부를 아주 우스운 늙은이로 보는구나. 당연하지 않느냐? 어떤 미친놈이 감히 혈사림에 이빨을 들이대. 당금 천하에 그럴 수 있는 곳은 딱 세 곳뿐이다. 정무맹과 마황성, 그리고 서서히 본색을 드러내고 있는 장군가."

광의가 천검의 얼굴에 시선을 고정시키며 말을 이었다.

"네놈들의 사주로 사사천교와 박 터지게 싸우고 있는 정무맹이야 여유도 없거니와 애당초 이런 식으로 일을 벌이지는 않지. 그렇다고 마황성의 종자처럼 보이지도 않으니 당연히 장군가뿐이겠지."

"마황성의 인물일 수도 있지 않소?"

천검이 어깨를 들썩이며 물었다.

"천만에. 마황성의 종자들은 감추려고 해도 은연중 마기가 드러나게 되어 있어. 네놈 정도의 실력을 지닌 놈들이야 몸안에 잘 갈무리한다고 해도 저런 떨거지들은 감추려야 감출 수가 없다."

광의가 자신을 가리키며 떨거지 운운하자 광홍의 인상이 팍 구겨졌다.

"피 냄새는 진동하는데 묘하게도 마기가 느껴지지가 않아. 그렇다면 답은 나온 것이지. 어떠냐? 노부의 말이 틀리느냐?"

굳이 부인할 마음이 없던 천검이 고개를 끄덕였다.

"맞소. 우리는 장군가에서 왔소."

"크크크! 능가 놈이 제대로 뒤통수를 맞았구나."

광의가 갑자기 광소를 터뜨렸다.

"그래도 혈사림의 장로라면서 주군인 혈사림주를 그리 말해도 되는 것이오?"

천검이 황당하다는 표정으로 되물었다.

"능가 놈을 능가 놈이라고 부르는데 뭐가 이상하단 말이냐? 어차피 우리는 서로의 존재가 필요해서 연을 맺고 있었을 뿐 주종관계는 아니다."

천검이 고개를 설레설레 흔들자 광의가 의미심장한 표정을 지으며 말했다.

"능가 놈과의 관계는 네놈들이 이곳을 점령하면서 사실상 끝났다. 아니더냐?"

"우리가 당신을 살려준다고 확신하는 것 같소만."

"물론이다. 죽이려 했다면 이렇게 대화를 나눌 일도 없었겠지. 또한 불완전한 몽몽환을 개선시킬 수 있는 능력은 천하에 노부뿐이다. 장군가에선 노부의 능력이 절실히 필요해."

"장담하진 마시오. 그 정도까지는 아니니까."

천검의 눈동자가 서늘해졌으나 광의는 눈 하나 깜짝이지 않았다.

"애당초 그런 확신이 없었으면 이곳을 점령하도록 놔두지도 않았다."

천검이 입꼬리를 슬쩍 말아 올리며 대꾸했다.

"마음만 먹으면 우리를 막을 수도 있었다는 말로 들리는구려."

"당연하다."

"……."

너무도 자신에 찬 광의의 대답에 천검은 정말 그럴 수도 있을지 모른다는 생각을 잠시 했다.

하지만 이내 고개를 저었다.

광의가 뛰어난 의술에 더해 나름 독공을 지닌 것으로 알려지기는 했어도 홀로 전세를 뒤바꿀 수 있을 정도로 대단한 무공을 지닌 것은 분명 아니었다.

"믿지 못하겠다는 표정이구나. 오냐. 노부의 말이 거짓이 아님을 알려주마."

침상에 내려선 광의가 지하로 통하는 입구를 막고 있는 멸혼대원의 정강이를 걷어차며 소리쳤다.

"꺼져라! 병신 같은 놈들. 어차피 내려가지도 못하면서 뭐 하러 길을 막아."

걸죽하게 욕설을 내뱉은 광의가 지하실 입구 쪽 벽면의 어딘가를 누르고 뭔가를 잡아당기자 육중한 기계음과 함께 상당한 진동이 느껴졌다.

"지금쯤이면 능가 놈이 미친 듯이 이곳을 향해 달려오고 있을 것이다. 왜 그럴 것 같으냐?"

광의는 천검의 대답을 기다리지 않고 스스로 대답했다.

"몽몽환 때문이라고 생각하느냐? 개소리. 물론 몽몽환도 중요하겠지만 능가 놈이 꽁지에 불붙은 쥐새끼처럼 다급히 이곳을 찾을 정도는 아니다."

"하면 저곳에 몽몽환이 아닌 뭔가 다른 것이 있는 것이오? 혈사림주가 탐을 내는."

천검이 자신도 모르게 긴장하며 물었다.

"있다."

"그, 그것이 무엇이오?"

"궁금하면 입 닥치고 따라오너라. 노부가 마음만 먹었다면 네놈들이 이곳을 점령하지 못했을 것이라는 말을 확실하게 증명해 줄 테니."

광의의 말이 끝나기도 전에 광홍이 조심스레 입을 열었다.

"위험합니다. 늙은이가 암계를 꾸미는 것일 수도……."

광홍의 말은 이어지지 못했다.

천검이 그의 입을 틀어막으며 이미 지하실로 향하는 광의의 뒤를 따라 움직였기 때문이었다.

'대체 뭘까? 밑에 뭐가 있기에 광의가 저토록 자신만만한 모습을 보이는 것일까?'

깊은 생각에 잠기며 광의의 뒤를 따르던 천검은 갑자기 시선이 확 트이며 드러난 지하실의 규모에 무척이나 놀랐다.

지하실은 단순한 밀실이 아니라 광장이라고 해도 과언이 아닐 정도로 엄청나게 넓었다.

"노부의 작업실에 온 것을 환영한다."

광의가 중앙으로 걸음을 옮기자 지하실에서 대기하고 있

던 사내 열 명이 그를 보호하듯 에워쌌다.

천검은 지하실에 도착하자마자 그들의 존재를 눈치챘고 광의가 믿고 있는 무엇인가가 그들이 아닐까 잠시 의심을 했다. 하지만 이내 고개를 흔들고 말았는데 그들에게선 무인으로서 지녀야 하는 어떤 존재감이 전혀 느껴지지 않았기 때문이었다.

움직임도 어설펐고 표정도 흐리멍덩한 것이 비록 적이지만 마지막까지 저항하며 무인으로서의 기개를 보여준 수신호위들과는 비교도 할 수 없을 정도로 모든 것이 허술해 보였다.

천검이 실망한 표정으로 시선을 거두자 이를 가만히 지켜보던 광의가 의미심장한 웃음을 지었다.

"왜? 별 볼일 없는 놈들처럼 보이는 모양이지?"

"……."

"뭐, 그럴 수 있겠다. 네놈 정도의 실력자의 눈에는 아예 들어오지도 않을 정도로 형편없는 놈들이니까. 하지만 그건 과거의 일이다."

광의의 눈빛이 광기로 번들거리기 시작했다.

"노부의 손에 의해 이놈들은 달라졌다. 어떻게 달라졌냐고? 그건 직접 겪어보면 제대로 알 것이다."

광의가 말이 끝남과 동시에 손가락을 튕겼다.

그것이 신호인 듯 사내들이 천검을 향해 달려들었다.

광의의 외침에 잠시 긴장을 했던 천검은 막상 그들의 공격을 보고는 힘이 빠졌다.

나름 무공을 익힌 것 같기는 한데 그 수준이라는 것이 삼류를 벗어나지 못하는 수준이었다. 그 정도면 멸혼대원 한둘이눈 깜짝할 사이에 처리하고도 남을 정도였다.

"제가 처리하겠습니다."

천검과 마찬가지로 기가 막히다는 표정으로 보고 있던 광홍이 나섰다.

"됐다."

그래도 광의의 말에 일말의 기대를 지니고 있던 천검이 직접 검을 들었다.

그들에게 아량을 베풀 마음은 전혀 없었다.

아예 제대로 실력을 보여줘서 광의의 기를 조금이나마 눌러놔야겠다는 생각에 처음부터 절초를 펼쳤다.

하지만 그의 생각은 완전히 빗나가 버렸다.

가장 앞서 오던 사내들의 가슴을 정확히 가르고 지나가던 검의 궤적이 갑자기 멈췄다.

"헉!"

천검의 입에서 비명과도 같은 외침이 흘러나왔다.

목숨을 취했다고 여기던 사내들이 멀쩡한 몸으로 자신의

검을 움켜잡았으니 그럴 만도 했다.

"마, 말도 안 돼."

천검은 공격이 제대로 적중했음에도 피는커녕 별다른 상처 하나 없는 사내들을 보며 입을 쩍 벌리고 말았다.

놀라고 있는 천검을 향해 사방에서 검이 밀려들었다.

재빨리 움직이며 검을 쳐 내는 천검.

의외로 묵직한 힘에 다시금 놀랄 수밖에 없었는데 손아귀를 타고 어깨로 올라오는 힘은 삼류들이 지닐 수 있는 능력이 아니었다.

'베어지지 않으면 부순다.'

광의의 기를 죽이려다 오히려 망신을 당하게 되자 천검은 이를 악물었다.

"그만."

천검이 검기를 뿌려대기 시작하자 광의는 즉시 싸움을 멈추게 했다.

사내들의 몸뚱이가 강하긴 했어도 천검 정도의 고수가 작심하고 시전하는 검기에 버틸 정도로 단단하지는 않았기 때문이었다.

"어떠냐? 이제 노부의 말을 믿겠느냐?"

광의가 득의양양한 표정으로 물었다.

"믿소. 하지만 저들이 개입한다고 해도 결과는 바뀌지 않았을 것이오."

천검은 사내들의 강함은 인정하나 그들이 자신을 막을 수 있다고는 전혀 생각하지 않았다.

"그래? 흠, 그럴 수도 있겠구나. 네놈이라면 그런 말을 할 자격이 충분하지. 그런데 과연 이것을 보고도 그리 지껄일 수 있을까?"

광의가 벽에 살짝 파인 구멍에 손을 넣고 뭔가를 돌리자 기분 나쁜 마찰음과 함께 벽면이 돌아가며 또 하나의 공간이 드러났다.

그곳엔 엄청난 숫자의 목관이 놓여 있었다.

"이, 이것이……."

경악에 찬 천검이 말을 잇지 못하자 광의가 그에게 달려들었던 사내들을 가리키며 말했다.

"저놈들과 같은 종자지. 참고로 능가 놈이 서둘러 이곳에 오려는 이유기도 하고."

"혹, 강시를 만든 것이오?"

천검이 떨리는 음성으로 물었다.

"강시? 노부를 너무 무시하는군. 시체 따위로 만든 강시가 어찌 저런 움직임을 보일 수 있단 말이냐?"

광의가 불쾌한 표정을 짓자 천검은 더욱 믿을 수 없다는 표정으로 되물었다.

"하면 저것들은 대체 뭐란 말이오?"

"불사완구(不死玩具)."

"불사… 완구라면……."

천검이 히죽거리는 광의와 목관을 번갈아 바라보며 고개를 흔들었다.

'죽지 않는 장난감? 미친 영감 같으니! 어찌 사람을 장난감으로 여긴단 말인가!'

천검은 광의의 대답에 화가 났지만 내색하지 않고 물었다.

"저들은 죽은 것이오?"

"살아 있다. 다만 이런 저런 이유로 여기가 조금 부족할 뿐이지."

광의가 자신의 머리를 툭툭 치며 웃었다.

"하나 네가 직접 보았듯이 이 녀석들은 거의 금강불괴에 가까운 강한 육체를 지니고 있다. 어지간한 공격이 아니면 상처도 입지 않아. 중요한 것은 머리가 잘리지 않는 한 죽지도 않는다는 것이지. 팔이 끊어져도, 다리가 잘려도 달려드는 상대를 떠올려 봐라. 생각만으로 흥분이 되는구나. 끌끌끌."

광의의 소름끼치는 웃음에 천검은 자신도 모르게 몸을 떨며 침을 꿀꺽 삼켰다.

"자, 이제 어느 정도 상황을 파악을 한 것 같으니 제대로 이야기를 해볼까?"

광의가 의자에 앉으며 손짓을 하자 천검도 떨떠름한 표정으로 마주 앉았다.

"이제 노부의 말을 믿을 수 있겠느냐? 처음부터 노부가 개입했다면 애당초 이렇게 마주 보고 앉는 상황이 있을 수 없었다는 것을."

솔직히 방금 상대한 사내들만 해도 만만치 않건만 근 이백에 달하는 목관을 본 천검은 인정하지 않을 수가 없었다.

"인정하오."

"그럼 단도직입적으로 묻겠다. 장군가는 노부에게 무엇을 해줄 수 있느냐?"

"무엇을 원하시오?"

"노부가 원하는 것은 간단하다. 돈이나 권력 따위는 필요 없어. 난 그저 나만의 연구를 하고 싶을 뿐이다. 그에 대한 무한정한 지원을 요구한다. 능가 놈이 그랬던 것처럼."

"음."

함부로 결정을 내릴 수 없었던 천검이 짧은 신음과 함께 밀실에 놓여 있는 목관을 힐끗 바라보았다.

광의가 선심 쓰듯 말했다.

"당연히 저것들도 넘겨주겠다. 원래는 능가 놈에게 주려는 것이었지만 제 놈이 복을 걷어찼으니 할 수 없는 일이지."

순간 천검의 주먹이 꽉 쥐어졌다.

몽몽환의 연구 실적만으로도 지원할 가치가 충분한데 이백에 가까운 불사완구까지 얻을 수 있다면 못 해줄 것이 없다는 생각이 들었다.

"원하는 대로 해주겠소."

"그럴 줄 알았다."

광의가 만족해하며 고개를 끄덕였다.

"한데 왜 우리요?"

"뭐가 말이냐?"

"그동안 지원을 했던 것은 혈사림이었소. 그리고 당신은 그들을 충분히 지켜줄 힘도 있었고. 한데 어째서……."

"의리를 저버리고 장군가를 택했냐는 말이구나."

"그렇소."

"지켜야 하는 입장은 혈사림이지 노부가 아니다. 그리고 굳이 나서서 싸우기도 싫었다. 애당초 능가 놈과 노부의 관계는 서로 원하는 것을 주고받는 관계였지 주종 관계는 아니었다. 의리 운운할 관계는 더더욱 아니고."

"하지만 당신은 혈사림의 장로가 아니오?"

"그거야 능가 놈이 뭣대로 정한 것이고. 쓸데없는 소리 말고 이리와 보거라."

광의가 천검을 데리고 작은 밀실로 데리고 갔다.

관 뚜껑을 열자 한 사내가 양손을 곱게 포갠 상태로 죽은 듯이 누워 있었다.

"불사완구는 현재 가사상태에 놓여 있다. 몽몽환을 연구하는 과정에서 이런저런 약을 복용하다 보니 부작용으로 그리 된 것이지만 노부에게, 아니, 네놈들에겐 전화위복이 된 셈이지. 손을 내밀어 봐라."

천검이 얼떨결에 손을 건넸다.

광의가 날카로운 소도로 천검의 손가락을 베었다.

피가 주르륵 흘러 사내의 입에 떨어졌다.

그러자 그때까지 미동도 없던 사내의 입술이 살짝 떨리는가 싶더니 혀를 내밀어 천검의 피를 핥았다.

잠시 후, 사내의 감겼던 눈이 떠졌다.

붉게 충혈된 눈이 한참이나 천검에게 고정되었다.

"각인 효과라는 것이다. 이놈은 이제 네 종이 되었다."

"각… 인 효과라니. 이 무슨……."

난생처음 경험하는 괴사에 천검은 말을 잇지 못했다.

"막 태어난 짐승들의 새끼는 무엇이 되었든 처음 보고 느끼고 접촉한 것을 어미로 믿고 따르지. 이놈들 또한 마찬가지다. 네놈 피로 깨어나고 처음 보았으니 영원한 주인으로 섬기며 충성을 다할 것이다."

"마, 말도 할 수 있소?"

광의가 고개를 끄덕였다.

"당연히. 예전의 기억은 지워졌지만 말까지 잃어버리진 않았다. 심지어 학습 능력까지 있다."

"하, 학습 능력이라면 설마 무공을 익힐 수 있단 말이오?"

"몇 가지 잔재주를 가르쳐 보았더니 제법 빨리 습득하더구나. 게다가 지치지도 않는 체력을 지녔으니 제대로만 가르치며 성장 속도는 엄청나게 빠를 게야."

광의의 설명이 이어질수록 천검은 입을 다물지 못했다.

"그런데 언제까지 이러고 있을 것이냐? 능가 놈이 오면 서로가 곤란해진다."

그제야 시간이 꽤나 흘렀음을 인지한 천검이 목관을 바라보며 이내 곤란한 얼굴이 되었다.

"우리의 인원으론 저 많은 관을 운송할 수 없소."

"무슨 헛소리를 하는 게냐?"

광의가 버럭 소리를 질렀다.

"멀쩡히 움직일 수 있고 밤새 달려도 지치지 않는 놈들을 뭐하러 관째 운송해. 그냥 네놈이 깨우면 되지 않느냐?"

"그럴 수는 없소."

천검이 단호히 고개를 흔들었다.

"아니면 그냥 능가 놈에게 넘기던가."

"그, 그건 더욱 안 되오."

"그러니까. 그냥 네놈이 꿀꺽 하라니까. 네놈의 충성심이 의심을 받을까 두려운 것이냐? 하긴 아무리 충성스런 수하라도 이토록 엄청난 힘을 지니게 되는 것을 달가워할 주인은 없는 법이지."

"함부로 말하지 마시오. 주군께선 그런 분이 아니시오."

천검의 눈에서 살기가 돌았다.

"아니면? 부정할지는 몰라도 네놈이 망설이는 순간부터 이미 그런 불편하고 불안한 생각이 마음 한편에 자리한 것이다. 그것이 아니라면 당장 불사완구를 깨워보든가."

광의는 시시각각 변하는 천검의 모습을 즐기는 듯했다.

광의의 조롱 섞인 말에도 천검은 한참을 망설였다.

하지만 이미 답은 나와 있었다.

혈사림주와 그를 구하기 위해 이동했던 지원군은 언제 도착할지 알 수가 없었고 지금 남아 있는 수하들의 힘으로는 불사완구를 무사히 빼내갈 수가 없었다.

"제기랄!"

마음의 결정을 내리자 욕지거리가 절로 튀어나왔다.

"현명한 선택이다. 암, 현명한 선택이고 말고. 크하하하!"

광의는 소도를 들고 관으로 향하는 천검의 모습에 지하 광장이 떠나가라 광소를 터뜨렸다.

얼마의 시간이 흘렀을까?

천검이 정확히 그의 종복으로 부활한 불사완구를 이끌고

지상에 모습을 드러냈다.

밖에서 대기하고 있던 수하들은 거의 이백에 가까운 불사완구가 천검의 뒤를 따르자 깜짝 놀랐지만 그들이 적이 아니라 새롭게 거둔 수하라고 짧은 설명에 다들 안심을 했다.

몇몇 대원이 불사완구의 정체에 대해 의구심을 품었지만 단지 그뿐이었다.

"철수 준비는 끝났느냐?"

천검이 불사완구를 종속시키는 동안 먼저 밖으로 나가 있던 광홍에게 물었다.

"예. 모든 준비를 마쳤습니다."

"우리의 정체를 노출시킬 수 있는 것은 그 어떤 것도 남겨선 안 될 것이다."

"목숨을 잃은 대원들의 주검은 물론이고 그들이 쓰던 무기를 비롯하여 일체의 흔적을 지웠습니다."

광홍의 자신만만한 대답에 천검이 고개를 끄덕였다.

"그럼 즉시 출발하도록 한다. 네가 선두에 서라."

"알겠습니다."

광홍이 수하들을 이끌기 위해 움직이자 천검이 고개를 돌렸다.

"광의께선 저와 함께 가시지요."

"끌끌끌! 이제야 뻣뻣했던 혓바닥이 부드러워졌구나. 하긴 그만한 선물을 꿀꺽하고도 여전히 혓바닥이 뻣뻣하다면 사람도 아니지. 아무렴! 짐승만도 못한 놈이지."

'이 늙은이가!'

칭찬인지 조롱인지 분간이 가지 않는 광의의 말에 지하 광장에서부터 쌓인 게 많았던 천검은 당장에라도 광의의 숨통을 끊어놓고 싶었다.

하지만 광의가 지닌 재주가 장군가에 얼마나 큰 힘이 될지 너무도 잘 알고 있기에 차마 손을 쓸 수가 없었다.

그저 치솟는 살심을 누르기 위해 참고 또 참을 뿐이었다.

*　　　*　　　*

제대로 부상을 다스리지도 못하고 먼저 출발한 이자웅을 따라잡은 능위가 복호암에 도착한 것은 천검과 광의가 떠난 지 한 시진 정도가 흘렀을 때였다.

"비었군."

발밑에 굴러다니는 관 뚜껑을 발로 툭 차는 능위의 허탈한 음성이 지하실을 진동시켰다.

"대체 이 관들은……."

이자웅이 밀실에 널려 있는 목관을 보며 입을 쩍 벌렸다.

광의의 모든 연구가 지하 광장에서 행해지는 것은 알고 있었고 몇 번 다녀가기도 했었으나 따로 밀실이 있었던 것은 전혀 눈치채지 못한 듯했다.

"채탁이란 놈을 아느냐?"

갑작스런 질문에 당황한 이자웅은 능위의 심기가 몹시 불편한 것을 느끼곤 필사적으로 머리를 굴리기 시작했다.

"혹, 해사방의 소방주를 말씀하시는 건지요."

"맞다."

"와호맹에게 장강의 패권을 빼앗긴 것도 부족해 늙은 수하들에게 해사방까지 빼앗기고 쫓겨난 머저리로 기억합니다."

"그래. 길거리의 거지만도 못한 수하들을 이끌고 혈사림을 찾았지. 그런데 궁금하지 않느냐? 본좌가 어떻게 그런 쓰레기 같은 놈들까지 기억을 하고 있는지 말이다."

"구, 궁금합니다."

이자웅이 얼른 대답했다.

"때마침 광의의 요구가 있었다. 몽몽환을 연구하기 위해 싱싱한 재료들이 필요하다고 말이야. 그래서 그놈들을 광의에게 모조리 넘겨줬지. 본좌가 광의에게 어떤 지원을 했는지는 잘 알 것이다."

"그렇습니다."

"원하는 것은 뭐든지 다 들어줬다. 돈을 원하면 돈을, 약초를 원하면 약초를, 실험에 필요한 사람들까지 아낌없이 지원했다. 광의는 본좌의 기대에 충분히 부응했다. 몽몽환의 개량이라는 큰 성과를 보여줬으니까. 그런데 중요한 건 그게 아니야."

능위의 시선이 목관으로 향했다.

"며칠 전 광의는 본좌에게 은밀히 전령을 보내왔다. 그놈이 가져온 서찰에는 실로 재밌는 말이 쓰여 있었다."

"무, 무엇이었습니까?"

이자웅이 자신도 모르게 질문을 던졌다.

"몽몽환을 연구하다가 바로 그 해사방의 쓰레기들로 흥미로운 물건을 만들어냈다고 했다. 몽몽환 따위와는 비교도 되지 않을 정도로 엄청난 물건을."

능위의 음성이 고조될수록 이자웅은 불안에 떨었다.

"그것들은 본좌에게 정무맹을 초토화시키고 마황성을 무너뜨릴 수 있는 힘을 줄 것이라 했다. 이름이 불사완구라고 했던가."

능위가 이자웅을 향해 고개를 돌렸다.

"한데 그것들이 없어졌구나. 바위처럼 단단하고 죽을 때까지 물러설 줄 모르며 오직 본좌에게만 충성을 바칠 준비가 되었다는 강철의 무기가."

능위의 기세가 폭발적으로 증가했다.

"바로 네놈들의 멍청함으로 인해서!"

능위의 주먹이 이자웅을 향해 날아들었다.

'빌어먹을! 끝장이군.'

능위의 전신에서 살기가 뿜어져 나오는 순간부터 이미 지금의 상황을 예견한 이자웅은 두 눈을 질끈 감았다.

피한다는 것은 있을 수 없는 일. 그저 목숨만이라도 건지길 빌고 또 빌 뿐이었다.

한데 그의 간절한 바람이 통한 것일까?

영혼마저 뭉개 버릴 듯 맹렬히 날아들던 능위의 주먹이 이자웅의 코앞에서 멈춰졌다.

죽음까지 각오했건만 별다른 일이 없자 이를 이상하게 여긴 이자웅이 한쪽 눈을 슬며시 치켜 올렸다.

이자웅은 능위의 시선이 자신의 어깨 뒤로 향해 있다는 것을 깨닫고 본능적으로 고개를 돌렸다.

그곳엔 창백하다 못해 시퍼렇게 질린 낯빛을 한 사내가 서 있었는데 칠흑처럼 어두운 복장과 대비되어 어딘지 모르게 스산한 분위기를 풍기고 있었다.

"네놈은 뭐냐?"

능위가 물었다.

대답은 사내가 아니라 사내와 반 발짝 떨어져 있던 동방립의 입에서 흘러나왔다.

"광의가 전갈을 남겼다고 합니다."

능위의 시선이 다시금 사내에게 향했다.

"전갈을 듣기 전에 하나마 묻자. 광의가 떠난 것은 자의냐, 타의냐?"

사내는 그에 대한 대답을 하지 않았다. 그저 광의가 남겼다는 전언을 읊을 뿐이었는데 첫마디 말이 끝나기도 전 능위의 물음에 대답을 한 것이나 마찬가지였다.

"혈사… 림주는 들어라."

표정만큼이나 소름끼치는 음성이었다.

아랫사람 부르듯 하는 사내의 말에 너무도 어처구니가 없어 다들 뭐라 말도 못하고 있는 상황에서 능위만이 피식 웃음을 터뜨렸다.

"역시 자의군. 본좌의 예상대로야. 계속 지껄여 봐라."

"노부… 의 연구를 위해 많… 은 지원을 아끼지 않은 점에 대해선 노부도 고… 맙게 생각한다. 혈사… 림 또한 그 대가… 로 여러모로 이득을 보았음은 부정… 하지 못할 터. 서로에게 좋… 은 거래였다고 생각한다. 일… 전에 연락… 한 대로 노부는 개량한 몽… 몽환과 불사… 완구를 그대에게 주려고 했다. 하지만 그것… 을 지키지 못한 것은 노부가 아니라 그대… 의 실수. 억울하다 생각하지 마라. 그래도 그간의 정리를 생… 각해서 완성된 몽몽환을 조… 금 남긴다."

사내가 철함 하나를 내밀었다.

동방립이 빼앗듯 낚아채서 능위에게 바쳤다.

능위는 동방립이 바치는 철함을 외면한 채 사내의 다음 말을 기다렸다.

사내가 쇠 긁는 듯한 목소리로 천천히 말을 이어갔다.

"더불어 불사… 완구가 어떤 물건인지 구… 경이나 하라고 한 놈 남길 터이니 아쉬움… 을 달래도록. 카카카!"

사내가 광의의 웃음소리마저 똑같이 흉내 내며 웃을 때 능위가 차갑게 한마디를 내뱉었다.

"죽여라."

동방립은 주저없이 검을 휘둘렀다.

깡!

도저히 만들어질 수 없는 소리는 물론이고 검을 타고 전해지는 미약한 통증에 깜짝 놀란 동방립이 자신도 모르게 뒤로 물러났다.

"사암."

능위의 외침에 사암이 연기처럼 모습을 드러냈다.

섬전과도 같은 검이 사내의 목을 찔렀다.

동방립의 검처럼 튕겨져 나오지는 않았지만 그렇다고 사내에게 치명적인 부상을 입히지는 못했다.

검이 목을 꿰뚫었으니 정확히 말하자면 치명적인 부상은 치명적인 부상이라 할 수 있었다. 하지만 사내는 별다른 고통을 느끼지 못하는 듯했다.

능위는 멈칫거리는 사암의 행동에 기가 막히다는 표정을 지었다.

십수 년을 곁에 두었지만 지금껏 저토록 당황하는 사암을 본 적이 없었다.

"불사… 완구라."

능위가 이를 부득 갈았다.

"비켜라."

불사완구의 강함을 직접 경험해 보고 싶은 능위가 사암을 물렸다.

꽝!

오성의 마라혈강수가 사내의 몸에 작렬했다.

사내의 신형이 힘없이 날아가 한쪽 벽에 부딪쳤다.

그러나 능위는 알 수 있었다.

오성의 마라혈강수로는 불사완구에 큰 타격을 줄 수 없다는 것을.

그것을 증명이라도 하듯 몸을 일으킨 사내가 능위를 향해 천천히 걸어왔다.

마라혈강수가 다시금 사내의 어깨에 작렬했다.

사내의 어깨가 무참히 뜯겨지며 팔이 툭 떨어졌다.

"팔성은 되어야 타격을 준다는 말인가."

말이 좋아 팔성이지 그 정도 수준이면 어지간한 고수는 일격에 격살할 수 있을 정도로 막강한 위력이었다.

몸에서 팔이 떨어진 순간에도 얼굴 표정 하나 변하지 않고 신음 또한 흘리지 않은 사내가 다시금 광의의 전언을 전했다.

"어떠… 냐? 이만하면 훌륭하지 않… 은가? 그… 댄 이런 물건을 지키지 못한 것이다. 크… 하하……."

사내의 웃음을 이어지지 못했다.

웃음을 끝까지 듣지 못한 능위가 그의 머리통을 아예 흔적도 없이 날려 버렸기 때문이었다.

힘없이 무너져 내리는 사내의 몸뚱이를 보며 능위의 얼굴이 처참하게 일그러졌다.

광의의 말대로였다.

사암의 일격에도 끄떡하지 않고 오성의 마라혈강수를 능히 감당하는 불사완구라면 가히 절대적인 무기라 할 수 있었다.

게다가 언뜻 헤아려 보기에도 목관의 수가 이백에 달했다.

'이백의 불사완구라면…….'

능위가 주먹을 꽉 움켜쥐었다.

손톱이 살 속을 파고들어 피가 줄줄 흐름에도 의식하지 못했다.

얼마의 시간이 흘렀을까?

마음을 진정시킨 능위가 두려움에 떨고 있는 이자웅을 불렀다.

"이자웅."

"예, 예. 림주님."

"찾아라. 어떤 놈들이 광의를 데리고 갔는지 반드시 찾아내. 본림의 모든 힘을 동원할 수 있는 권한을 주겠다."

"알겠습니다."

"목을 걸어야 할 것이다."

"반드시 찾아내겠습니다."

이자웅이 입술을 꽉 깨물며 대답했다.

"잘 숨어라, 영감탱이. 다시 만나는 날엔 살을 바르고 뼈를 씹으며 본좌를 농락한 죄를 물을 것이니."

능위의 환한 웃음에 지하에 있던 모두의 몸이 그대로 얼어붙었다.

그의 몸에서 인간으로선 감당하기 힘든 그야말로 절대의 사기(邪氣)가 뿜어져 나오고 있었기 때문이었다.

第二十章
초청(招請)

"바로 출발한다고요?"

유대웅이 믿지 못하겠다는 얼굴로 되물었다.

"어쩔 수 없는 상황이네. 다른 곳도 아니고 곡부 아닌가?"

당학운이 씁쓸한 표정으로 말했다.

"사사천교를 정리하기 위한 싸움이었습니다. 엎드려서 절은 하지 못할망정 이럴 수는 없지요."

"성지라 할 수 있는 곳에서 그 많은 피를 보았으니 관부에서 저리 난리를 치는 것도 무리는 아닐세. 어찌 보면 이틀이나 기다려 준 것도 나름 배려를 해준 것이라 볼 수 있지."

"아무리 그래도 이건 너무 빠르지 않습니까? 이제 겨우 시신들을 수습하여 관에 안치시켰습니다. 부상자들에 대한 치료는 어찌합니까?"

"부상자들을 위한 공간은 마련해 준다는군. 하지만 그 외의 사람들은 오늘 중으로 모두 곡부를 떠나라고 통고를 받았네. 다행히 말과 마차를 충분히 제공한다고 했으니까 관을 이송시키는 것은 크게 어렵지 않을 것 같네."

"제길!"

유대웅이 애꿎은 탁자를 후려쳤다.

"그래서 다들 어찌한다고 합니까?"

"내키진 않지만 굳이 관부와 충돌을 하면서 머물 필요는 없다는 의견이 대세네. 아무래도 장소가 장소이니만큼 저쪽도 물러설 생각이 없으니까."

"천무장에서도 순순히 물러난다고 합니까?"

"그들이야 우리와는 다르게 전혀 문제될 것이 없지. 사상자가 거의 없다시피 하니까. 바로 응하겠다는 답을 보낸 것으로 아네."

유대웅은 자신이 수뇌회의에 참석하지 않은 것을 다행이라 여겼다. 그랬다면 아마도 복장이 터졌으리라.

"하면 언제 출발하는 겁니까?"

"오 장로는 준비가 되는대로 바로 출발하자고 하는군. 어차피 결정된 상황에서 머뭇거릴 필요가 없다고 생각하는 모양이네."

"알겠습니다. 준비를 하도록 하지요."

유대웅의 입에서 나직한 한숨이 흘러나왔다.

철수 준비는 전광석화처럼 이뤄졌다.

오명종을 필두로 정무맹에서 출발한 모든 인원이 학성촌을 떠난 것은 해가 떨어지기 전이었다.

사사천교를 무너뜨리고 무림의 정의를 다시 세운 영웅들.

하지만 처음 정무맹을 떠날 때의 당당함은 그들에게서 찾아보기가 힘들었다.

적의 매복에 걸려 합류를 하지도 못한 채 전멸을 당한 정검단을 비롯하여 싸움에 참여한 금검단, 호검단, 묵검단의 인원 중 살아남은 사람은 겨우 백 이십 남짓이었다.

승리를 거두긴 했으나 너무도 뼈아픈 승리였기에 분위기는 완전히 가라앉아 있었다.

가장 선전을 했고 나름 생존자가 많았던 묵검단의 분위기 또한 다르지 않았는데 학성촌을 출발할 때부터 침묵을 지키고 있는 유대웅으로 인해 다들 눈치를 보는 상황이었다.

"무슨 언짢은 일이라고 있는겐가?"

당학운이 슬며시 물었다.

"예? 아니요. 그런 일 없습니다만."

"길을 떠날 때부터 영 기분이 좋지 않아 보이네만."

"아, 아닙니다. 잠시 생각할 것이 있어서요. 게다가 이겼다고 웃고 떠들 상황이 아닌지라요."

유대웅이 쓴웃음을 지으며 후미를 따라오고 있는 마차들을 바라보았다.

마차에는 이번 싸움에서 목숨을 잃은 자들을 안치한 관이 빼곡히 실려 있었다.

"하긴 이겨도 이긴 싸움이 아니었어."

당학운의 안색도 어두워졌다.

당가의 식솔들 또한 많은 희생을 치렀기 때문이었다.

'그런데 정말 단지 그런 이유 때문일까?

유대웅은 스스로에게 자문을 해보았다.

승리를 거뒀음에도 쫓기듯 귀환하는 것도 마음에 들지 않았고 많은 희생자로 인해 전체적인 기운이 가라앉은 것은 틀림없었다.

하지만 그것이 전부가 아니었다.

문득 부상자들을 돌보기 위해 학성촌에 남아야 했던 송하연의 얼굴이 떠올랐다.

그녀를 처음 만나던 순간이 기억났다.

빗발치는 화살, 언제 어디서 칼이 날아올지 모르는 상황에서 묵묵히 동료들을 치료하던, 자신의 부상보다는 남의 부상에 더 신경을 쓰다가 자신의 구원을 받고 동그랗게 두 눈을 뜨고 바라보던 장면들이 스치듯 지나갔다.

그리고 전혀 의도치 않은 상황에서 그녀에게 했던 수많은 실수까지.

얼굴이 화끈거리며 심장 박동이 빨라졌다.

"후우."

절로 한숨이 나왔다.

처음엔 그것이 무엇인지 몰랐으나 무수한 시행착오(?)를 거쳐 이제는 그것이 무엇인지 확실히 알 것 같았다.

"제길! 그럼 뭐하냐고!"

버럭 소리를 지르는 유대웅.

그가 자신의 실수를 깨달은 것은 주변의 모든 시선이 자신에게 모였다는 것을 확인한 다음이었다.

* * *

"바로 철수를 했다고요?"

한호가 물었다.

"예, 관부에서 그리 원했던 모양입니다."

"하긴 다른 곳도 아니고 곡부니 그럴 만도 할 겁니다. 그래도 치사하긴 하군요. 제놈들도 어쩌지 못하는 놈들을 애써 제

거해 주었더니만."

"사사천교를 키운 것은 우리들었습니다만."

퉁명스런 소숙의 한마디에 한호가 멋쩍은 웃음을 흘렸다.

"뭐, 그렇다는 겁니다. 시작이야 어쨌든 조금 인정머리 없는 처사라는 생각이 드는군요. 아쉽기도 하구요. 좀 더 그곳에 머물면서 정무맹이나 여러 문파 사람들과의 관계가 보다 돈독해졌으면 했는데요."

"상관없을 겁니다. 천무장의 병력이 아니었으면 전멸을 면치 못했다는 것은 그들 스스로가 더 잘 압니다. 어찌 보면 목숨 빚을 진 셈이니 그것만으로도 큰 힘이 될 겁니다. 게다가 이번 출정으로 얻고자 하는 것은 모두 얻었습니다. 무림에 우리의 존재를 확실히 각인시켰고 우려의 시선으로 보던 세인들의 평가도 상당히 우호적으로 돌려놓았습니다."

소숙의 말대로였다.

사사천교의 패망이 알려진 이후, 무림엔 천무장에 대한 뜨거운 열풍이 불고 있었다.

그동안 정무맹이 오랫동안 사사천교와 싸워왔지만 별다른 성과를 내지 못한 것에 비하여 강소성에 뿌리를 내린 사사천교를 순식간에 쓸어버리고 전멸의 위기에 처한 정무맹과 뭇 군웅들을 구해낸 것은 물론이고 별다른 피해 없이 사사천교의 총단까지 완전히 끝장을 내버리자 그들이 만검신군의 후예라는 영광까지 더해져 가히 열광적인 지지를 받기 시작한 것이다.

"잘됐군요. 시작이 좋아요. 은환살문의 소식이 아니었다면 더욱 좋았을 텐데 말이지요. 대체 어느 정도 피해를 당했다는 겁니까? 꽤나 당한 모양이던데요."

"칠원성군 다섯이 당했다고 합니다. 풍도도 큰 부상을 입었고요."

"칠원성군이라면 은환살문에서 최고의 살수들로 알고 있는데요, 아닙니까?"

"맞습니다. 사실상 원로들이라고 할 수 있지요. 그들 세계의 특성상 그만한 세월을 버텼다는 것을 실로 대단한 능력이라고 할 수 있습니다."

"그런데 그중 다섯 명이 혈사림주 한 명에게 목숨을 잃었다는 말이군요. 문주까지 위기에 몰리고."

한호가 깍지 낀 손을 턱밑에 고이며 말했다.

"대외적으로 알려진 수신호위들 말고 혈사림주를 그림자처럼 따르는 호위가 있었던 모양입니다. 그들도 전혀 예상치 못했을 정도라고 하니 분명 뛰어난 능력을 지녔을 것입니다."

"뭐, 그랬으니 실패를 했겠지요. 하지만 그 또한 핑계가 아닐까요? 처음부터 부딪친 것도 아니고 밤새워 수백 명의 살수와 싸움을 벌였다고 했습니다. 그 정도라면 제아무리 혈사림주라해도 어느 정도 무리를 했을 터. 그런 상대를 쓰러뜨리지 못하고 오히려 그만한 피해를 입었다는 것은 은환살문이 그동안 제대로 준비를 하지 않았다는 것을 말하는 것 같습니다."

한호의 음성이 조금 차가워졌다.

"꼭 그렇게만 볼 것은 아닙니다."

"어째서요?"

"풍도가 어느 정도 실력을 지녔는지는 장주께서 더 잘 아시잖습니까?"

"음. 솔직히 강하긴 하지요."

한호가 고개를 끄덕였다.

"그런 풍도가 기습을 했고 상대에게 상당한 부상을 입혔음에도 도리어 처참하게 당했다는 것은 분명 생각해 볼 문제입니다. 장주님 말씀대로 당시 혈사림주는 정상적인 몸도 아니었습니다."

"흠, 알려진 것보다 더 강할 수도 있다는 말이군요."

"그렇습니다. 사람들이 혈사림주가 과거 화산검선에게 패했다는 사실만 기억을 해서 그런지 그의 실력을 상당히 박하게 평가하는 경향이 있습니다. 마황성 못지않게, 어쩌면 그 이상으로 치열하고 살벌한 내부 경쟁과 투쟁이 일어나는 곳이 혈사림입니다. 그런 혈사림을 한손에 틀어쥐고 수십 년 동안 군림하고 있다는 것만 보아도 혈사림주에 대한 평가는 분명 재고되어야 합니다."

"알겠습니다. 따로 조사를 해보도록 하지요."

말은 그리 해도 여전히 대수롭지 않게 생각하는 듯했다.

그런 한호의 태도를 보며 소숙은 한숨을 내쉬었다.

완벽한 한호에게 유일한 단점이라면 자신의 실력에 대한 자부심이 강한 만큼 상대를 다소 얕본다는 것.

물론 그만한 실력을 지녔다는 것은 인정하지만 방심은 언젠가는 큰 화가 되어 돌아올 수도 있었다.

그렇다고 따로 지적을 하지는 않았다.

이미 수없이 많은 충고를 했고 한호의 성격상 직접 겪어보지 않으면 수긍하지 않는다는 것도 익히 알고 있었기 때문이었다.

"은환살문에 대한 격려도 잊으시면 안 됩니다."

"격려까지 해야 합니까?"

무리해서 혈사림주를 공격하다가 큰 피해를 당한 은환살문의 행동이 그다지 마음에 들지 않았던 한호가 퉁명스레 되물었다.

"그들의 희생이 있었기에 무이산의 일이 성공적으로 끝날 수 있었습니다. 광의를 빼온 것은 물론이거니와 불사완구라는 괴물까지 확보했습니다. 불사완구가 천검이 말한 대로의 힘을 지니고 있다면 실로 엄청난 일이 아닐 수 없습니다."

홍분을 한 것인지 소숙의 음성이 살짝 떨렸다.

"솔직히 믿기지가 않습니다. 몽몽환이야 그렇다 쳐도 머리가 부서지지 않는 한 살아 움직이는 강시라니요."

한호의 음성엔 약간의 불신이 섞여 있었다.

"강시가 아니라고 했습니다. 학습능력이 있다고 하지 않습니까? 훈련을 시키기에 따라서 지금보다 더욱 막강한 힘을 갖추게 될 것입니다."

"모르겠습니다. 직접 눈으로 봐야 판단이 가능할 것 같습니다. 언제쯤이면 도착할까요?"

"최대한 빠른 속도로 복귀하는 중이니 넉넉잡아 나흘 정도면 불사완구의 능력을 확인할 수 있을 것입니다."

"불사완구도 불사완구지만 저는 천검처럼 냉정한 녀석이 '미친 늙은이' 라고 표현한 광의가 어떤 사람일지 몹시 기대가 됩니다."

소숙의 얼굴이 팍 구겨졌다.

"냉정이요? 실력은 어느 정도 갖췄는지 몰라도 아직 제 감정도 제대로 다스릴지 모르는 애송이에 불과합니다."

"하하하! 사부님 말씀이 맞습니다. 애송이지요. 그래도 천검을 그렇게 평가할 수 있는 사람은 사부님뿐일 겁니다."

사실이 그랬다.

소숙이 보기엔 여전히 어리고 어설픈 애송이에 불과하지만 장주 직계인 멸혼대와 잠혼대의 수장으로서 천검은 천무장에서 그 누구도 함부로 할 수 없을 정도로 막강한 힘을 자랑했다.

"아무튼 그건 그렇고 첫 단추를 제대로 꿰었으니 이제 다음 단계로 넘어가야 할 때가 아닙니까?"

"그래야지요. 이미 정무맹으로 사람을 보냈습니다. 조만간 도착을 할 것입니다."

"저들이 우리의 요청을 들어줄까요? 다른 것도 아니고 그들의 권리를 포기하는 것인데."

"소위 정파라 자부하는 자들은 체면 때문에 목숨을 내놓기도 하지요. 그들은 이번 사사천교와의 싸움에서 우리에게 본의 아니게 큰 빚을 졌습니다. 내켜하지는 않겠지만 거절하지는 않을 것입니다. 그리고 나름 기회라고 생각할 수도 있겠고요."

"기회라니요?"

한호가 의문을 표했다.

"천무장이 만검신군의 후예라는 증거를 충분히 제시했지만 온전히 의심을 푼 것은 아닐 겁니다. 당시는 사사천교 때문에 정신이 없었겠지만 이 기회를 빌려 보다 철저하게 조사를 하려고 들겠지요."

"훗, 재밌군요. 하면 각 문파에 보내는 초청장도 바로 띄우는 겁니까?"

"원래는 바로 추진할 생각이었습니다만 조금 시간을 둘까 합니다."

"이유는요?"

"일단은 정무맹과의 협상 결과를 기다려야 하니까요. 그리고 광의 때문에라도 그렇습니다. 그가 개량에 성공했다는 몽몽환을 활용할 수만 있다면 최소한의 피해로 최대의 효과를 얻을 수 있습니다. 게다가 불사완구를 어떻게 이용할지도 연구를 해보아야지요. 그렇다고 오래 지체할 생각은 없습니다."

"하하하! 사부께선 불사완구의 힘을 확신하시는군요."

"그랬으면 좋겠다는 바람이라고 해두지요."

나흘 후, 소숙의 바람은 현실이 되었고 한호는 허락도 없이 불사완구를 종속시켰다며 죄를 청하는 천검의 어깨를 힘껏 두드려 주는 것으로 모든 죄를 용서했다.

한호는 혈사림을 버리고 천무장을 선택한 광의의 결단을 크게 환영하며 그를 장로의 지위로 대접하고 그가 원한대로 무한한 지원을 약속했다.

장로의 지위를 준다는 말에 별다른 반응을 보이지 않던 광의는 연구에 한해선 무한정한 지원을 해주겠다는 한호의 선언에 비로소 미소를 지었다.

광의를 얻음으로써 천무장은 날개를 달았고 반대로 무림은 그야말로 최악의 재앙을 맞게 되었다.

그리고 보름이 흘렀다.

*　　*　　*

무림의 절대금지 마황성의 군림각.

군사 제갈궁과 마월영의 수장 천리요안을 필두로 십이장로, 삼십육호법, 백팔마령 등 마황성의 핵심 인사들이 모조리 모였다.

보는 것만으로도 숨이 막힐 듯한 무시무시한 기운을 뿜어대는 그들이 좌우로 도열한 채 마도의 하늘 엽소척의 말을 기다리고 있었다.

벽라온옥에 비스듬히 몸을 누이고 있던 엽소척이 천천히 몸을 일으켰다.

"전령은 갔느냐?"

"방금 전 떠났습니다."

제갈궁이 한 걸음 앞으로 나서며 대답했다.

"우리의 영역을 확실히 벗어날 때까지 행여나 문제가 생겨선 안 될 것이다. 전령 한 놈 숨통 끊어지는 것이야 신경 쓸 것도 없지만 본좌의 위신이 깎일 수 있는 문제니까."

"조치를 해두었습니다."

"좋아. 그럼 시작해라."

엽소척이 할 말을 다했다는 듯 다시금 몸을 누이자 제갈궁이 엽소척을 대신해 회의를 주관하기 시작했다.

"이미 아시는 분도 계시겠지만 마존께서 여러분을 소집하신 이유는 천무장에서 전령이 다녀갔기 때문입니다."

"천무장? 이번에 사사천교라는 떨거지들을 쓸어버렸다는 바로 그놈들 말이냐"

군림각에 모인 이들 중 누구보다 성격이 급했던 곤패가 물었다.

"그렇습니다. 바로 그 천무장입니다."

"허! 얼마 전 천무장에 대해 소문을 듣기는 했지만 어느새 우리를 찾아올 정도로 컸군그래."

호법 황극(黃剋)이 가소롭다는 듯 비웃었다.

"군사의 말을 듣게."

자꾸만 말이 끊기자 십이장로의 수장 공벽이 나직이 주의를 주었다.

"오는 중추절(仲秋節)에 천무장에서 개파대전(開派大典)을 연다고 합니다. 천무장주가 마존께 초청장을 보내왔습니다."

"개파대전? 허! 기가 막히는군. 제놈들을 세상에 알리고 싶으면 고만고만한 놈들 몇 불러서 지지고 볶고 하면 되는 것이지 여기가 감히 어디라고 수작질이야!"

곤패는 공벽의 주의에도 화를 참지 못했다.

"꼭 그렇게만 생각하실 것은 아닙니다."

"뭐야?"

곤패가 눈을 부릅떴다.

험악해지는 표정에 겁을 집어먹을 만도 했지만 하루 이틀 겪은 성격이 아니기에 제갈궁은 별다른 반응을 보이지 않았다.

"천무장은 장로님께서 생각하시는 대로 고만고만한 문파가 결코 아닙니다. 사사천교를 무너뜨리는 과정에서 보여준 전력만 보더라도 삼세를 제외하곤 그 어느 곳도 비교할 수 없을 정도로 막강했습니다. 무림십강 중 한 명이 식객으로 있고 이름만 대면 알 수 있는 전대의 고수들이 천무장의 이름으로 모습을 드러냈습니다. 놀라운 것은 그 힘이 천무장의 전부가 아닐 가능성이 높다는 것입니다. 절대 만만히 보아선 안 됩니다."

정색을 한 제갈궁의 설명에 할 말이 없어진 곤패가 슬며시 고개를 돌렸다.

"참고로 천무장은 혈사림에도 초청장을 보낸 것 같습니다."

고독검마 서극이 고개를 끄덕였다.

"우리 쪽에 왔을 정도니 당연한 것이겠지. 그 변덕 심한 혈사림주가 응할지는 모르겠지만."

"아마도 응할 것입니다."

"어째서?"

"혈사림주가 혹할 만한 소식이 있으니까요."

"답답하다. 빨리 설명을 해보거라."

곤패가 재촉을 했다.

뭔가 중요한 얘기를 하려는 듯 잠시 호흡을 가다듬은 제갈궁이 모두에게 물었다.

"천룡쟁투(天龍爭鬪)를 기억하십니까?"

"천룡쟁투? 혹, 과거 삼세가 돌아가면서 열었던 비무대회를 말하는 것이냐?"

곤패가 눈살을 찌푸리며 되물었다.

"그렇습니다."

"모를 리가 없지. 능가 놈이 운이 좋아 우승을 하고 제 분수도 모르고 화산검선에게 도전을 했다가 박살이 난 뒤로 끝나 버린 비무대회거늘."

"천무장의 전언에 따르며 개파대전에서 천룡쟁투를 부활시킬 생각이라는군요."

"뭐라? 천룡쟁투를 부활시켜?"

"그렇습니다."

"제까짓 놈들이 무슨 권한으로? 천룡쟁투는 오직 삼세만이 열 수 있는 것이다."

또다시 흥분을 한 곤패의 코에서 뜨거운 콧김이 뿜어져 나왔다.

"천무장의 요청으로 정무맹에서 그 자격을 양보했다고 합니다. 순서상 정무맹에서 개최하는 것이 맞기는 합니다."

"정무맹 놈들이 준다고 그 권리를 가질 수 있는 것이 아니다. 이는 곧 삼세가 사세가 됨을 의미하는 것이야."

서극이 차갑게 고개를 흔들었다.

"사실 통보라기보다는 동의를 구하는 것이었습니다. 장로님께서 말씀하신 대로 우리와 혈사림에서 거부하면 그만이니까요. 중요한 것은 마존께선 이를 허락하셨다는 것입니다."

제갈궁의 말에 다들 놀란 표정으로 고개를 돌렸다.

삼세라 불리는 것 자체도 용납하기 싫어하는 마존이 천무장을 삼세와 동등한 자격으로 인정한다는 것은 도저히 믿기지 않는 일이었다.

"정녕 허락을 하신 겁니까?"

곤패가 놀라 물었다.

"허락했다."

"어째서 허락을 하신 겁니까? 천무장 놈들의 기세가 제법 오른다고 해도 삼세와 비교하면 오합지졸에 불과합니다. 한데 어째서……."

"시끄럽다. 닥치고 설명이나 더 들어."

엽소척의 눈썹이 살짝 치솟자 곤패는 황급히 입을 다물었다.

"제가 마존께 이를 허락하시라고 부탁드렸습니다."

제갈궁의 말에 백팔마령을 대표하는 벽혈마군(碧血魔君) 호밀악(昊密岳)이 처음으로 입을 열었다.

"군사가 그런 부탁을 드렸다면 그만한 이유가 있겠군."

"천무장의 개파대전에 참석하기 위해서 그랬습니다. 곤패 장로님 말씀대로 천무장이 근래 들어 위세를 높인다고 해도 이제 겨우 모습을 드러낸 신생문파입니다. 아무래도 격에 맞지 않지요."

"바로 그거야."

곤패가 목소리를 높였다.

"하지만 그들이 정무맹을 대신해 천룡쟁투를 개최한다면 얘기는 달라집니다. 우리는 천무장의 개파대전이 아니라 과거 삼세가 힘을 겨뤘던 천룡쟁투에 참여하기 위해 천무장에 가는 것이니까요."

"그런데 군사의 안색을 보니 어째 천룡쟁투도 목적이 아니라는 말처럼 들리는군."

호밀악이 제갈궁의 얼굴을 가만히 살피며 말했다.

"예, 사실 그 또한 핑계입니다."

"하면 군사가 정말 알고 싶은 게 무엇인가?"

잠시 말을 끊었던 제갈궁이 착 가라앉은 음성으로 답했다.

"저는 그들이 바로 장군가가 아닌가 의심하고 있습니다."

제갈궁의 대답에 호밀악은 입을 떡 벌렸다.

"하, 하지만 그들이 만검신군의 후예임은 이미 증명되었네. 정무맹에서도 이를 인정했고."

"그건 제가 설명을 하겠습니다."

마월영의 수장 천리요안이 제갈궁을 대신해 입을 열었다.

"최초 화산검선이 장군가의 존재를 마존께 알렸고 마존께선 제게 그들의 존재를 밝히라는 명을 내리셨습니다."

"지금까지 아무런 성과도 없었지. 식충이 같은 놈들."

갑자기 엽소척이 끼어들었다.

"죄, 죄송합니다, 마존."

대답은 들려오지 않았다.

식은땀을 흘리며 엽소척의 눈치를 보던 천리요안이 다시 말을 이었다.

"그, 그동안 마월영의 모든 힘이 오직 장군가를 쫓기 위해 집중되었다는 것은 여기 계신 모든 분들 또한 아실 겁니다. 하지만 오랫동안 음지에서 숨죽이고 있는 놈들의 존재를 찾아내는 것은 결코 쉽지 않은 일이었지요. 더구나 우리가 자신들을 쫓는다는 것을 눈치챈 장군가는 더욱 은밀하게 움직였고 우리에게 조금이라도 노출이 되었다고 여겨지면 가차없이 쳐냈습니다. 그러나 완벽이란 있을 수 없는 법. 놈들도 실수를 하고 말았습니다."

"그 실수가 무엇인가?"

곤패가 참지 못하고 물었다.

"장강의 패권을 노리다가 실패를 했다는 것입니다."

"장강의 패권이라면 와호맹과의 싸움을 말하는 것인가?"

서극이 물었다.

"맞습니다. 장강의 패권을 차지한 이후 장강수로맹이라 이름을 바꿨지요."

"음."

서극이 다소 묘한 표정으로 고개를 끄덕였다.

그는 언젠가 만났던 유대웅의 모습을 떠올렸다.

아비의 장례가 끝난 후, 마황성을 찾아오라는 말을 남겼지만 찾아오지 않는 것으로 자신의 제안을 거절했던 소년.

세월이 흘러 장강의 패권을 차지한 와호맹 맹주의 이름이 유대웅이고 수하들을 위해 스스로 목숨을 끊은 일심맹 맹주의 아들이라는 말을 듣고 얼마나 놀랐던가.

"하면 소문이 사실이었단 말인가? 와호맹을 공격한 낙성검문과 해사방을 움직인 것이 장군가라는 것이."

"그렇습니다."

"당시에도 철저하게 조사를 했지만 별다른 소득이 없었던 것으로 아는데. 아닌가?"

황극이 고개를 갸우뚱거리며 물었다.

"당시 장군가와 연관이 되었다고 알려진 문파는 낙성검문과 해사방이었습니다. 낙성검문은 와호맹에 의해 철저하게 괴멸이 되었고 이후 남은 식솔들마저 완벽하게 자취를 감췄습니다. 그러나 해사방은 이런저런 내홍을 겪으면서도 살아남았습니다. 그때부터 마월영의 눈은 해사방을 주시했습니다. 그리고 바로 얼마 전 현재 해사방의 실권을 장악하고 있는 공탁이란 자가 천무장과 연결되어 있다는 것을 확인했습니다."

"단순히 해사방과 연결이 되었다고 장군가라고 단정 짓는 것은 문제가 있어 보이는군."

"그 연결 고리를 파악하기 위해 오십 명이 넘는 정보원이 목숨을 잃었습니다. 때마침 암행을 하시던 대공자님의 도움이 없었다면 놈에게 목숨을 위협받던 요원 또한 목숨을 잃었을 것입니다. 그리 되었다면 천무장과 해사방이 암중으로 연결되어 있다는 사실 또한 결코 밝혀내지 못했겠지요."

천리요안이 적우에게 목례를 보내며 말을 이었다.

"대공자님께 사로잡힌 놈에겐 아무런 정보도 얻지 못했지만 그놈이 지니고 있던 서찰의 내용을 통해 해사방이 천무장의 명령에 움직이고 있다는 것을 확인했습니다."

"그래, 어떤 내용이었는가?"

호밀악이 물었다.

"명이 떨어지면 언제라도 장강수로맹을 공격할 준비가 되었다는 내용이었습니다."

천리요안의 대답에 서극이 매서운 눈빛을 뿜어내며 말했다.

"장강의 패권을 차지한 장강수로맹은 이제 단순한 수적떼라고 보기엔 무리가 있어. 그 힘이 상당하지. 그 수뇌들의 면면을 살펴보아도 천무장 못지않아. 한데 해사방이 장강수로맹을 공격한다? 미치지 않고서야 엄두도 내지 못할 일. 확실히 뭔가가 있군."

제갈궁이 고개를 끄덕였다.

"예. 그런 이유로 천무장의 초청에 응하려는 것입니다. 겉으로 빙빙 돌기보다는 그들의 본거지로 직접 찾아가서 부딪치다 보면 보다 확실한 사실을 알게 되지 않을까 하는 생각에서 말이지요."

"그렇다고 마존께서 직접 움직이시는 것은 어딘지……."

곤패가 말끝을 흐리며 엽소척의 눈치를 살폈다.

"마존께선 가시지 않네."

대화에서 한걸음 물러나 있던 공벽이 입을 열었다.

지난밤, 그는 이미 엽소척과의 만남에서 모든 사실을 전해 듣고 결론까지 도출해낸 상태였다.

"대공자가 마황성을 대표해서 개파대전에 참석할 것이고 군사가 대공자를 모실 것이네."

아직 자세한 얘기를 듣지 못한 적우가 깜짝 놀란 얼굴로 엽소척을 바라보았다.

"더불어 대공자님을 수행할 인원도 확정되었지. 다만 그 수장을 누구에게 맡길지가 결정되지 않았는데……."

"노부가 가겠소."

곤패가 중앙으로 뛰쳐나오며 말했다.

그는 행여나 입을 여는 사람은 가만두지 않겠다는 듯 사방에 눈알을 부라렸다.

대부분의 사람이 아예 고개를 돌려 외면할 때 서극이 한 걸음 앞으로 나섰다.

"이번엔 내게 양보해 주게."

"엥? 번거로운 일은 딱 질색이라던 친구가 이번엔 어쩐 일인가?"

곤패가 황당해하며 물었다.

"별일은 아니고. 그냥 누군가를 만날 수 있지 않을까 생각해서 말일세."

"누군가를 만나? 누구를?"

"있네. 그런 사람."

서극이 뇌리에 떠올린 사람은 유대웅이었다.

하지만 만날 수 있을지 장담할 수 없었기에 굳이 밝히지 않았다.

마존을 대신해 적우가 움직이는 것처럼 유대웅 또한 직접 참석하기 보다는 수하를 보낼 수도 있었고 아예 오지 않거나 애당초 초대를 받지 않았을 수도 있었기 때문이었다.

"흠, 곤란한걸. 오랜만에 하는 부탁이니 들어주고 싶기는 한데……."

어지간하면 부탁이라는 것 자체를 모르고 살아온 서극이기에 곤패는 조금 곤란한 표정을 지었다.

그러나 그 역시 이번 기회에 답답한 십만대산에서 벗어나 무림을 마음껏 활보하고 싶은 마음이 간절했다.

"아무래도 안 되겠네. 다른 건 몰라도 이번 일은……."

입술을 꽉 깨물며 고개를 흔든 곤패가 미안해하며 입을 열려는 찰나 어느새 자세를 바로 한 엽소척이 그의 말을 막았다.

"고독검마가 다녀와."

"마, 마존!"

곤패가 당황하여 엽소척을 불렀지만 그는 눈길조차 주지 않았다.

"적우야."

"예, 사부님."

"군사는 천룡쟁패가 천무장을 살피러 가기 위한 구실에 불과하다고 하지만 본좌는 그리 생각하지 않는다. 다름 아닌 천룡쟁패다. 마황성의 자존심이 걸린 문제야. 해낼 수 있겠느냐?"

"천룡쟁패라는 말을 듣는 순간부터 제자의 가슴은 이미 활활 타오르고 있었습니다. 맡겨주십시오."

적우의 대답에 흡족한 미소를 지은 엽소척이 제갈궁에게 말했다.

"적우는 오직 천룡쟁패에만 신경 쓰게 해. 모든 일은 네가 알아서 처리하고."

"알겠습니다."

제갈궁이 허리를 굽히며 명을 받았다.

엽소척의 눈길이 서극에게 향했다.

"곁에서 잘 도와주고."

"그리하겠습니다."

"그럼 회의는 이쯤에서 마치지. 다들 돌아가."

엽소척의 손짓에 곤패가 확 달아오른 얼굴로 그를 불렀다.

"마, 마존!"

엽소척은 괜히 말을 섞어봐야 골치만 아프다는 것을 알기에 애써 모른 척하며 몸을 돌렸다.

"미안하네."

서극이 그의 곁을 지나가며 한마디를 툭 던졌다.

말은 그리했지만 그다지 미안해하는 얼굴은 아니었다.

* * *

사사천교와의 치열한 싸움이 끝나고 얼마 후, 천무장의 개파대전 소식이 전해지면서 식었던 무림이 다시금 뜨겁게 달아올랐다.

만검신군의 후예라는 것을 제외하고는 어느 것 하나 제대로 알려진 것이 없는 천무장의 모든 것을 두 눈으로 직접 볼 수 있는 기회였기에 세인들의 관심은 뜨거웠다.

하지만 온 무림인들을 열광케 한 것은 단순히 천무장의 개파대전 때문만이 아니었다. 다름 아닌 개파대전과 함께 그동안 중단되었던 천룡쟁투가 부활한다는 소식이 전해졌기 때문이었다.

천룡쟁투가 부활한다는 말을 전해들은 무림인들은 저마다 고개를 저었다. 천룡쟁투의 기원에 대해 정확하게 알고 있는 이들은 특히나 더 그랬다.

천룡쟁투는 모든 이에게 개방이 되어 있기는 해도 사실상 삼세의 각축장이나 다름없었고 비무대회가 부활하기 위해선 삼세의 동의가 반드시 필요했기 때문이었다.

그러나 정무맹이 개최권을 천무장에 넘기고 마황성과 혈사림까지 이에 동의했다는 말이 전해지자 결코 있을 수 없다고 여겼던 일은 현실이 되어버렸다. 이후, 무림의 그야말로 열광의 도가니로 빠져 버렸다.

천무장이 직접 초청장을 보낸 문파와 세가, 무림 명숙들의 수가 채 백을 넘지 않았다는 것이 알려지면서 초청을 받은 것 자체만으로도 영광이 되어버린 상황.

개파대전의 날짜가 조금씩 다가오자 천무장의 초청을 받은 문파는 물론이고 초대를 받지 못한 이들까지 천무장을 향해 대거 이동하기 시작했다.

동정호 군산.

장강수로맹에도 개파대전에 참석해 달라는 천무장의 초청장이 도착했고 장청은 즉시 원로회의를 소집했다.

생사림에서 무사부로서의 역할에 충실하던 뇌우와 단혼마객은 연락이 간 지 얼마 되지 않아 도착을 했고 은환살문의 문제로 잠시 은영문에 갔던 마독이 그들보다 반나절 정도 늦게 도착을 했다.

"크크, 이렇게 모두 모인 것도 꽤 오랜만이군."

뇌우가 좌중을 둘러보며 말했다.

"하하! 지난 원로회의가 열린 지 한 달도 채 지나지 않았습니다."

이휘가 웃음을 터뜨렸다.

"그래? 이상한데. 꽤나 시간이 흘렀다고 생각했는데 아니었던 모양이군."

뇌우가 겸연쩍은 표정을 지으며 고개를 갸웃거리자 자우령이 혀를 찼다.

"그렇게 정신이 없어서야. 생사림의 아이들이 걱정이군."

"걱정하지 말게. 노부가 아니더라도 뇌하 선배와 이 친구가 아주 제대로 해주고 있으니까."

뇌우가 조용히 차를 마시는 단혼마객을 가리켰다.

단혼마객은 처음 와호맹에 합류했을 때와는 어딘지 모르게 달라져 있었다.

전신에서 느껴지는 차분한 기운에 한결 여유로운 눈빛까지. 뇌하와의 무수한 비무와 문답을 통해 그를 억누르고 있던 벽을 깨고 한 단계 성장을 한 결과였다.

자우령은 일전에 뇌하가 했던 말을 떠올렸다.

"분발해야 할 것이네. 어쩌면 자네나 내가 저 친구에게 잡아먹힐 수도 있어."

'기꺼이 잡아먹혀 주지. 하지만 쉽게는 안 돼.'

단혼마객을 바라보는 자우령의 입가에 살짝 미소가 지어졌다.

그의 시선을 의식한 단혼마객이 물었다.

"제게 하실 말씀이라도 있으십니까?"

"확실히 뇌하 선배가 대단하긴 대단해."

"예?"

"자네는 이미 내가 알고 있던 그 친구가 아니군."

자우령의 의미심장한 표정에 단혼마객이 약간은 쑥스럽다는 듯 얼굴을 붉혔다.

"근래 들어 생각이 많아지고 있습니다만 아직 많이 부족합니다. 후배보다는 맹주의 실력이 부쩍 늘은 것 같습니다."

단혼마객은 주위의 시선이 자신에게 쏠리는 것이 어색했는지 그동안 폐관수련을 하느라 공식적인 모습을 거의 보이지 않던 항평 쪽으로 말을 돌렸다.

항평은 원로회의에서도 유대웅이 장강수로맹을 떠나며 그에게 건네준 호면을 착용하고 있었고 원로들 역시 그를 칭함에 있어 항평이 아니라 맹주라 부르고 있었다.

"아직 많이 부족합니다."

항평이 묵직한 음성으로 대답했다.

다소 가벼웠던 과거와는 달리 어딘지 모르게 의젓해졌고 분위기 또한 확 변한 것을 보면 그간의 폐관수련으로 얻은 것이 많은 듯했다.

"대웅이 보면 좋아하겠구나."

자우령이 흡족한 미소를 지으며 고개를 끄덕였다.

항평이 자우령 등에게 칭찬을 받는 모습을 보며 항몽은 더없이 자랑스러운 눈빛으로 동생을 바라보며 흐뭇하게 미소지었다.

장군가에 밀려 존립마저 위태로웠던 패왕가가 부활의 날개를 활짝 펼 날이 멀지 않은 것 같았다.

"이제 회의를 시작하도록 하겠습니다."

장청이 주의를 환기시켰다.

"갑작스레 원로회의를 소집한 것은 천무장의 개파대전 때문입니다. 다들 예상하셨겠지만 그들이 장강수로맹에 초청장을 보내왔습니다."

"무림이 그 일로 난리가 난 모양이더군."

마독이 말했다.

"아무래도 그렇겠지요. 한 문파의 개파대전이긴 해도 혜성처럼 등장하여 위세를 떨친 천무장이다 보니 근자에 없던 큰 행사가 될 것입니다. 게다가 수십 년 만에 천룡쟁투까지 열리니 흥분하지 않을 수가 없지요."

"대체 정무맹 놈들은 무슨 생각으로 천무장에 천룡쟁투를 개최할 수 있는 권리를 준 것인지 모르겠단 말이야."

뇌우가 못마땅하다는 듯 툴툴거렸다.

"기세 좋게 공격을 했다가 오히려 전멸을 당하는 망신을 당할 뻔했습니다. 천무장 덕분에 위기를 넘겼으니 아무래도 그런 이유로 편의를 봐준 것이겠지요."

장청의 말에 항몽이 덧붙였다.

"천룡쟁투의 개최권을 천무장에 양보한다는 것은 정무맹이 그들을 자신들과 동급으로 인정한다는 것입니다. 더욱 놀라운 것은 마황성과 혈사림에서 이를 받아들였다는 것입니다."

"그것 때문에 이 난리가 난 것이지. 개파대전만 열렸으면 이토록 초미의 관심사가 되지는 못했을 터. 천무장에선 천룡쟁투를 열 수 있는 권리를 달라고 했을 때 체면 때문이라도 정무맹이 절대로 거절하지 못할 것이라 생각했을 게야. 누구의 머리에서 나온 것인지 몰라도 판을 아주 멋들어지게 짰어."

마독의 말에 다들 동의한다는 듯 고개를 끄덕였다.

"초청에 응할 생각인가?"

단혼마객이 물었다.

장청이 입을 열기도 전 뇌우가 소리치듯 말했다.

"당연히! 이번 개파대전에 초청받은 문파와 세가의 수는 오십이 채 되지 않는다고 들었다. 맞느냐?"

"예, 개인적으로 초청장을 받은 이들까지 합쳐 대략 백 장 정도의 초청장이 보내진 것으로 압니다."

장청이 대답했다.

"전통이니 지랄이니 하면서 거들먹거리는 놈들을 제치고 이제 겨우 걸음마를 떼기 시작한 장강수로맹이 초청장을 받았다는 것은 충분히 자랑스러운 일이다. 당연히 참석해야지."

천무장이 개파대전을 열고 천룡쟁투까지 부활시킨다는 것을 영 마음에 들지 않아 했던 뇌우가 언제 그랬냐는 듯 돌변하며 목소리를 높였다.

단혼마객이 뇌우의 뜻에 동조했다.

"같은 생각입니다. 장강수로맹을 세상에 제대로 알릴 좋은 기회라고 봅니다."

"다들 그렇게 목청 높이지 않아도 될 것 같군. 군사의 표정을 보니 이미 결정을 내린 모양이야. 그렇지 않으냐?"

자우령의 물음에 장청이 무덤덤한 얼굴로 고개를 살짝 숙였다.

"송구합니다만 제 관심사는 개파대전이나 천룡쟁투가 아닌 다른 곳에 있습니다."

"다른 곳이라니?"

"자존심 드높기로 천하에 둘째가라면 서러워할 마황성과 혈사림이 천룡쟁투에 참여하는 것으로 천무장을 인정했습니다. 그것도 너무 쉽게. 도대체 무슨 의도를 가지고 초청에 응했는지 전 그것이 몹시 궁금합니다."

"쯧쯧, 궁금할 것도 많다."

뇌우가 핀잔을 주었다.

"다른 하나는 천무장에 직접 가서 그들의 진정한 정체를 파악해 보고 싶기 때문입니다."

"진정한 정체? 만검신군의 후예임이 만천하에 알려진 것으로 아는데."

"그렇기는 합니다만 여전히 이상한 점이 많습니다."

"장군가라 생각하는 것인가?"

마독이 물었다.

"부인하지 않겠습니다."

"혼자 생각은 아닌 것 같고. 문주의 생각도 같은 건가?"

"예."

항몽이 조용히 고개를 끄덕였다.

"이유는?"

"그동안 전 무림이 장군가를 찾기 위해 눈에 불을 켜고 달려들었습니다. 하지만 아무도 장군가의 실체에 접근하지 못했지요. 그런 와중에 정무맹도 쩔쩔매던 사사천교를 압도적인 힘으로 밀어 버린 천무장이 등장했습니다. 스스로 만검신군의 후예라고 칭했고 확실한 증거도 제시했지만 그대로 곧이듣기엔 그들의 힘이, 모습을 드러낸 시점이 너무도 공교롭습니다."

장청이 말을 이었다.

"큰 도움을 받았다고 해도 정무맹은 결코 만만한 곳이 아닙니다. 마황성과 혈사림 또한 마찬가지지요. 그들 역시 천무장을 의심하고 있을 겁니다. 천무장이 천룡쟁투를 부활시킨 것을 인정한 것은 아마 그것을 확인해 보기 위함이라 판단됩니다."

"흥! 다들 꿍꿍이가 있다는 말이군."

뇌우가 콧방귀를 뀌었다.

"예, 이번 개파대전에 삼세는 물론이고 무림의 모든 정보력이 총집결할 것으로 예상됩니다. 모르긴 몰라도 물밑에서 피비린내 나는 전쟁이 벌어질 것입니다."

장청의 말을 가만히 듣고 있던 이휘가 물었다.

"천무장도 그들의 의도를 모르지는 않을 텐데?"

"글쎄요. 짐작은 하고 있겠지요."

"초청에 응한 이들에게 암수를 쓰려는 수작 아닐까?"

뇌우의 말에 장청이 고개를 흔들었다.

"배제할 수 없습니다만 가능성은 낮은 편입니다. 천무장에 모이는 군웅들의 수가 못해도 수천은 될 것입니다. 그들을 일거에 제압하려면 엄청난 병력이 있어야 할 터. 그런 병력이 숨어 있는 것을 삼세의 정보요원들이 놓칠 리 없지요. 설사 외부에 대기를 시켜놓는다고 해도 마찬가지입니다. 무엇보다 자칫 그런 암수를 쓰다가는 견원지간인 삼세가 손을 잡을 수도 있습니다. 제아무리 장군가라 하더라도 전 무림을 상대로 싸우는 무리수를 두지는 않을 것입니다."

마독이 고개를 끄덕이며 물었다.

"네 말에 일리가 있구나. 하면 누가 천무장에 사절로 간단 말이냐?"

"운밀각주를 보낼 생각입니다."

"운밀각주를?"

뇌우는 물론이고 다들 깜짝 놀라는 반응이었다.

"예."

"천무장의 실체를 파악하기 위해선 제격이기는 하다만 아무래도 장강을 대표하는데 격이 떨어지잖아."

마독이 뇌우의 말을 거들었다.

"노부도 같은 생각이네. 맹주야 그렇다 쳐도 최소한 장로진에서 한두 명은 움직여야 한다고 보네."

"예, 실무적인 의미에서 운밀각주를 언급한 것일 뿐 그가 장강을 대표할 수는 없지요."

장청이 고개를 휘 돌리며 물었다.

"어느 분이 다녀오시겠습니까?"

"난 아무래도 무리겠지."

과거 정무맹과 심각한 마찰을 빚었던 단혼마객이 고개를 흔들었다.

"노부 역시."

전직 살수라는 위치 때문인지 마독도 한걸음 물러났다.

장청의 시선이 자신에게 향하자 이휘는 뇌우의 눈치를 살피며 얼른 고개를 흔들었다.

"허허! 아무래도 우리 둘뿐인 것 같구나."

장청은 너털웃음을 짓는 뇌우를 향해 살짝 한숨을 내쉬며 물었다.

"꽤나 먼 길입니다. 어떤 위험이 있을지 알 수도 없고요. 괜찮으시겠습니까?"

"위험은 얼어 죽을. 내가 뇌우다."

뇌우가 가슴을 탕탕 치며 호기롭게 외쳤다.

"너무 걱정하지 말거라. 설사 천무장이 장군가의 위장이라 하더라도 네 말대로 함부로 움직이기야 하겠느냐?"

뇌우처럼 노골적으로 드러내지는 못해도 내심 마음에 두고 있던 자우령이 미소를 지으며 말했다.

"천무장에 보낼 적당한 선물을 마련하라 이르겠습니다. 수행원으론 누구를 데려가는 것이 좋으실는지요?"

"싸우러 가는 것도 아닌데 병력을 우르르 몰고 가는 것도 보기에 안 좋을 테니 네가 적당히 몇 명 추려 보거라."

"알겠습니다."

잠시 생각을 하던 장청이 원로회의 일원이 아님에도 사도진과 더불어 유이하게 회의에 참석하고 있는 호천단주 이석에게 고개를 돌렸다.

"아무래도 실력은 호천단원들이 최고겠지요. 정예로 이십만 빼 주십시오."

"조치하겠습니다."

이석이 즉시 대답했다.

"언제 출발하면 되느냐?"

"중추절이면 열흘 정도 남았습니다. 아직 충분한 여유가 있지만 목적이 목적이니만큼 조금 빨리 움직이시는 것이 좋을 것 같습니다. 몇몇 문파는 벌써 도착했다는 소식까지 들리더군요."

장청의 말에 뇌우가 한심하다는 듯 혀를 찼다.

"미친놈들! 뭐 얻어먹을 게 있다고 벌써부터 그 난리인지."

하지만 엉덩이를 들썩이는 것이 가능만 하다면 당장에라도 출발할 듯한 모습이었다.

뇌우와 같은 노고수의 마음까지도 들뜨게 만들 정도로 강한 마력을 지닌 것.

그것이 바로 천룡쟁투였다.

巫山三峡
第二十一章
개파대전(開派大典)

천무장의 개파대전이 이틀 앞으로 다가오면서 회음현은 엄청난 인파로 뒤덮였다.

천무장 인근의 객점과 주루는 밀려오는 사람들로 인해 연신 비명을 질러댔다. 주민들 역시 숙소를 잡지 못한 이들을 상대로 쏠쏠히 소득을 올렸다.

사람들이 모이면 자연스레 찾아오는 기예단이 넓은 공터에 자리를 잡았고 사방에서 몰려온 잡상인, 몸을 파는 기녀들, 한탕을 노리는 도둑들까지 한데 어우러지며 회음현은 그야말로 몸살을 앓았다.

"어휴, 이제 겨우 살겠군."

힘겹게 인파를 해치고 나온 덕진 도장이 하얗게 질린 얼굴로 식은땀을 닦았다.

그건 다른 화산파 제자들도 마찬가지였다.

몇몇 제자의 옷에는 선홍빛 분칠 자국까지 묻어 있었는데 술이나 한잔하고 가라며 악착같이 매달리는 기녀들로부터 벗어나며 생긴 영광(?)의 흔적이었다.

"세상 천지에 이렇게 노골적으로 매달리는 여인네들이 있을 줄은 몰랐습니다."

일행 중 가장 매끈한 얼굴을 지니고 있던, 그 덕분인지 기녀들에게 유난히 시달린 운연이 거의 탈진할 듯한 표정으로 말했다.

사형제들이 키득거리며 웃었지만 화낼 힘도 없었다.

"천무장이 코앞이다. 긴장들 하거라."

원진 도장이 짐짓 엄한 목소리로 주의를 주자 다들 자세를 바로잡았다.

"후~ 굉장한 규모입니다, 사숙."

원진 도장이 서서히 모습을 드러내고 있는 천무장을 가리키며 탄성을 내뱉었다.

"그러게. 언뜻 보기에도 정무맹 못지않군."

사부를 따라 오랫동안 무림을 주유했던 청우가 보기에도

천무장의 규모는 상상 이상이었다.

"초청장이 없어도 찾아오는 손님을 외면하지 않는다는 소문이 있더니만 저 규모를 보니 이해가 갑니다."

"누군지 몰라도 아주 영악하게 머리를 쓴 것 같습니다."

덕진 도장이 슬며시 대화에 끼어들었다.

"어째서 그리 생각하는가?"

"저런 규모라면 떼로 몰려오지 않는 한 어지간한 문파들은 다 초청할 수 있을 정도입니다. 그런데도 소문에 의하면 초청장을 받은 문파들과 무림의 명숙들이 백이 안 된다고 하지요."

"그렇게 들었네."

"생각해 보십시오. 무림에 얼마나 많은 문파와 세가들이 존재하는지. 초청을 받은 문파들은 그중에서 뽑혔다는 것에 내심 자부심을 가지고 있을 것입니다. 웃긴 건 그 자부심을 결정하는 초청장을 천무장이 주었다는 거지요. 이제 겨우 무림에 발을 내딛은 천무장이. 모르긴 몰라도 초청장이 없어도 개파대전에 참석할 수 있다는 소문도 저들이 냈을 겁니다. 틀림없이."

덕진 도장의 말이 끝나자 원진 도장과 청우는 물론이고 운자배 제자들까지 놀란 눈으로 덕진 도장을 바라보았다.

"왜, 왜 그러십니까?"

덕진 도장이 당황하며 묻자 원진 도장이 놀람이 채 가시지 않은 눈길로 말했다.

"사제에게 이런 면모가 있을 줄은 미처 몰랐군."

"이런 면모라니요?"

덕진 도장이 인상이 험악해지자 원진 도장이 슬며시 걸음을 재촉했다.

"아닐세. 어서 가세나."

멍한 눈으로 원진 도장을 바라보는 덕진 도장의 어깨를 가볍게 두드리는 청우.

제자들은 웃음을 참기에 바빴다.

규모만큼이나 천무장의 정문 또한 거대했다.

우마차 서너 대는 나란히 지나갈 정도의 정문은 인위적으로 좌우로 나뉘어 있었는데 텅 빈 좌측 통로를 놔두고 사람들의 대부분은 우측 통로에 몰려 있었다.

"어느 쪽으로 가라는 거야?"

덕진 도장이 방향을 정하지 못하고 툴툴대고 원진 도장도 조금 고민하는 눈치였다.

잠시 바라보던 청우가 한걸음 앞으로 나섰다.

"초청장을 받은 사람을 저리 기다리게 하지는 않을 것이네. 좌측으로 가지. 일단 저들에게 확인을 해보면 알겠지."

청우가 천무장의 식솔로 보이는 이들을 가리키며 말했다.

"예, 사숙."

청우의 말에 힘을 받은 원진 도장이 어깨를 활짝 펴고 좌측 통로를 향해 걸음을 움직였다.

지루하게 자신들의 차례가 오기를 기다리던 이들의 시선이 일제히 쏟아졌다.

"뭐야, 저 초라한 행렬은?"

"화산파군."

"화산파?"

"나 원, 쫄딱 망한 문파도 초청을 받았다는데 우린 이렇게 줄을 서야 하다니. 이게 말이나 돼?"

정파에 속한 이들은 가급적 말을 아꼈지만 곳곳에서 불만이 터져 나왔다.

화산파의 제자들이 쏟아지는 비난의 목소리를 묵묵히 견디며 이동할 때였다.

날카로운 눈빛을 지닌 중년 사내가 다가와 정중하면서도 힘 있는 태도로 예를 취했다.

"정문의 호위를 책임지고 있는 이관(李款)입니다. 어디서 오신 분들입니까?"

"천무장의 개파대전에 참석하기 위해 화산에서 온 덕진이라 합니다. 장문인을 모시고 왔습니다."

덕진 도장이 천무장에서 보내온 초청장을 건네며 말했다.

공손히 초청장을 받아든 이관이 꼼꼼히 살피더니 더없이 정중한 태도로 다시 예를 차렸다.

"화산파의 기인들을 뵙게 되어 영광입니다. 안으로 드시지요. 저 친구가 거처로 안내할 것입니다."

이관이 좌측 통로 입구에 서 있는 젊은 사내에게 손짓을 하며 말했다.

이관의 신호를 본 사내가 부리나케 달려왔다.

"지객청의 추명(秋明)이라 합니다. 모시겠습니다."

"고맙소."

원진 도장이 가볍게 인사를 했다.

바로 그때였다.

"이런 젠장! 이거 너무하잖아!"

"그러게. 장난하는 것도 아니고!"

노골적인 불만과 함께 우측에서 대기하고 있던 일단의 무리가 우르르 몰려왔다.

"무슨 일입니까?"

이관이 날카로운 눈빛으로 소리쳤다.

"누군 반 시진이 넘도록 줄을 섰는데 누군 종이쪼가리 하나에 바로 통과야?"

"초청장을 받으신 분들입니다."

"그러니까 애당초 초청장이 잘못 보낸 것 아니냐고? 다 쓰러져 가는 화산파에 초청장을 보낼 정도라면 어지간한 문파라면 모두 초청을 받아야 하는 것 아냐?"

그들은 노골적으로 화산파를 무시했다.

"지금 뭐라 했소?"

덕진 도장이 참지 못하고 나서려 할 때 원진 도장이 그의 팔을 잡고 고개를 흔들었다.

"사형!"

"그만두게. 저들과 다투려고 온 것이 아니네."

"본문을 무시하는 것을 그냥 두고 보란 말씀이십니까?"

"남의 잔치에 재를 뿌릴 수야 없지 않은가? 그리고 솔직히 저들의 불만이 아주 틀린 말은 아니니까."

원진 도장의 씁쓸한 웃음에 덕진 도장은 피가 나도록 입술을 깨물었다.

화산검선이 살아계실 때만 해도 천하제일문으로 추앙을 받았던 화산파가 이제는 별 시답지 않은 이들에게까지 무시를 당하는 처지에 몰렸다는 것이 정말 믿겨지지 않았다.

그러나 그것이 당금의 뼈아픈 현실이었다.

"제길!"

덕진 도장이 나직이 외치며 두 주먹을 꽉 움켜쥐었다.

당장에라도 검을 들어 화산파를 모욕한 죄를 묻고 싶었지만 원진 도장의 말대로 남의 잔치에 초청을 받아놓고 소란을 피운다는 것 또한 화산의 체면을 깎는 일이었기에 애써 화를 억눌렀다.

화산파가 침묵을 지키자 기세가 오른 그들은 화산파에 대한 비난의 수위를 점점 높여갔다.

"그만 두십시오."

보다 못한 이관이 개입을 하고 나섰다.

"화산파는 초청을 받고 천무장의 개파대전을 축하해 주시기 위해 먼 길을 오신 분들입니다. 그분들을 비난하는 것은 곧 천무장을 비난하는 것. 더 이상의 소란은 용납하지 않겠습니다."

이관의 서슬 퍼런 외침에 목소리를 드높였던 무리들이 슬그머니 꼬리를 내렸다.

강자에 약하고 약자에 강한 전형적인 소인배의 모습에 화산파는 또 한 번 치욕감을 맛봐야 했다.

하지만 화산파의 수난은 아직 끝난 것이 아니었다.

"흥! 천무장의 위세가 아주 하늘을 찌르는군. 저들의 말에 틀린 것이 없는데 너무 몰아세우는 것 아냐?"

이관을 비롯한 모두의 시선이 갑자기 등장한 사내에게 향했다.

서른 중반 정도의 나이에 각진 턱과 왼쪽 눈꼬리에서 볼로 이어지는 검상이 인상적인 사내였다.

뒷짐을 지고 오연한 자세로 걸어오는 그의 뒤로 수하로 보이는 이들이 십여 명 따라붙었는데 그들에게서 뿜어져 나오는 기세 또한 상당히 날카로웠다.

"누구십니까?"

이관은 사내의 꼴에 배알이 틀렸지만 손님을 맞이하는 입장이기에 최대한 정중하게 물었다.

"내가 누군지 알기 전에 그대의 이름부터 밝히는 것이 순서 아닐까?"

"이관이라 합니다."

"지위는?"

"정문 호위를 책임지는……."

"츱, 수문장이란 말이군. 눈매가 제법 그럴 듯하다 여겼건만. 아무튼 수문장 따위와는 나눌 대화가 없으니 상관을 데리고 와."

자신을 무시하는 말에 이관의 얼굴이 벌겋게 달아올랐다.

때가 때이니만큼 소란을 일으켜서도 안 되거니와 상대의 기도가 보통이 아니라는 것을 확인한 이관은 애써 화를 억눌렀다.

"다시금 여쭙겠습니다. 어디서 오신 분이신지요?"

이관이 최대한 정중히 물었으나 사내는 대화 자체를 거부하겠다는 듯 아예 고개를 돌렸다.

"당신이 화산파의 장문인인가?"

사내의 눈빛을 마주한 원진 도장은 자신도 모르게 움찔 했다.

찰나지간이었지만 자신을 쏘아오는 눈빛에서 더없는 살기가 느껴졌다.

"상대의 이름을 알기 전에 본인의 이름을 먼저 밝히는 것이라 방금 들은 것 같소만."

원진 도장의 말에 사내가 얼굴 가득 비웃음을 지었다.

"이거 제대로 한 방 맞았군. 그래도 화산파의 장문인이라 이건가?"

"말을 함부로 하지 마라."

덕진 도장이 참지 못하고 나섰다.

"아, 그렇게 흥분할 것까지는 없고. 맞아. 상대의 신분을 알려면 우선 제 소개부터 하는 것이지. 내 이름은 편휴(片烋)다."

이름을 밝혔음에도 아무런 반응이 없자 편휴의 얼굴이 살짝 일그러졌다.

"혈랑(血狼)이라 불리기도 하지."

비로소 반응이 왔다.

"혀, 혈랑!"

"혈사림이다."

사방에서 웅성거리는 소리가 들려왔다.

편휴는 그제야 만족한 얼굴로 원진 도장을 바라보았다.

원진 도장은 상대가 혈사림에 속한 인물일 줄 예상하지 못했기에 조금 당황은 하였지만 겉으로 내색하지 않았다.

"원진이라 하오."

"그 나이에 장문인 자리를 꿰찬 것을 보니 능력이 좋은가 보군."

"마음대로 생각하시오."

"아니면 화산에 인물이 없거나."

"……."

원진 도장은 편휴의 노골적인 비웃음을 잘 참아 넘겼다.

"만나서 반가웠소이다. 그럼 나중에 뵙도록 하지요."

원진 도장이 짧게 인사를 마치고 몸을 돌렸다.

혈사림과 엮여봐야 좋을 것 없다는 생각에 빨리 자리를 뜨고 싶은 생각이었지만 편휴는 그럴 생각이 전혀 없었다.

"이런 분란을 야기하고 그냥 자리를 뜨겠다는 건가? 그건 천하의 화산파가 할 행동은 아니라고 보는데."

원진 도장이 한숨을 내쉬며 걸음을 멈췄다.

"분란을 야기한 적 없소."

"분란이 아니면 뭐지? 온갖 고성이 오가던데 말이야."

편휴가 주변을 슬쩍 바라보았다.

혈사림이 자신들의 편을 들고 있다고 생각한 것인지 잠시 물러났던 소인배들이 다시금 목청을 높였다.

"애당초 자격이 되지 않는 자들이 초청장을 받은 것이 문제였소."

"과거에는 어땠는지 몰라도 솔직히 지금의 화산파가 우리보다 나은 것이 뭐가 있지?"

편휴는 자신의 기대에 부응하여 떠들어대는 자들을 가소롭게 바라보며 말했다.

"저들의 생각은 다른 것 같은데 대 화산파의 장문인께선 어찌 생각하는지 궁금하군."

"우린 천무장의 초대를 받고 이곳에 왔소. 단지 그뿐이요. 그것이 문제라면 우리가 아니라 천무장에 따지면 될 것이오."

원진 도장이 차갑게 대꾸했다.

"천무장의 뒤에 숨겠다는 건가? 쯧쯧, 저들이 왜 화가 났는지 모르는군. 자격도 없는 자들이 온갖 편의를 누리고 있기 때문이다."

"함부로 말하지 말라고 분명히 경고했다."

덕진 도장의 싸늘한 외침에 편휴의 얼굴에 새하얀 미소가 지어졌다.

"경고? 놀랍군. 감히 화산파 따위가 혈사림에 경고를 한다는 건가?"

"닥쳐라. 다른 이들은 어떤지 몰라도 화산은 혈사림 따위를 두려워하지 않는다."

"말로야 무슨 소리를 못할까?"

"당장 나서라!"

원진 도장이 말릴 사이도 없이 분기탱천한 덕진 도장이 검을 빼들었다.

편휴는 자신의 의도가 먹혔다는 생각에 만족한 미소를 지으며 검을 잡았다.

"그만하게."

청우가 덕진 도장의 팔을 잡았다.

"하지만 사숙!"

"그만하라니까."

청우가 무심한 눈에 담긴 노기를 읽은 덕진 도장이 감히 거스르지 못하고 검을 거두었다.

"제자의 무례를 용서하시지요."

청우가 이해한다는 듯 그의 어깨를 가볍게 두드렸다.

"도장은 누구요?"

청우의 한마디에 그토록 흥분했던 덕진 도장이 아무런 대꾸도 하지 못하고 물러나자 편휴의 음성도 한결 조심스러워졌다.

"청우라 합니다."

'청… 우?'

언젠가 들어는 본 것 같은데 익숙지 않은 이름이었다.

"제자들을 대신해 사과드리겠습니다. 검을 거두시지요."

너무도 정중한 태도에 선뜻 대꾸할 말을 찾지 못한 편휴가 떨떠름한 표정으로 반쯤 뽑았던 검에 손을 놓았다.

"감사합니다."

가볍게 목례를 한 청우가 애써 화를 억누르고 있는 덕진 도장과 무거운 표정을 하고 있는 원진 도장을 향해 어서 움직이라는 눈짓을 보냈다.

원진 도장이 고개를 떨구고 있는 덕진 도장의 팔을 잡고 힘없이 발걸음을 옮겼다.

그들의 뒤를 따라 걸음을 옮기는 화산파 제자들의 어깨가 축 처진 것이 보기에 안쓰러울 정도였다.

"쯧쯧, 그래도 설마 했는데 화산파도 다 되었군. 저런 병신이 어른이라고 설치는 것을 보니 말이야."

툭 던진 편휴의 한마디에 사방에서 왁자한 웃음이 터져 나왔다.

모욕도 그런 모욕이 없었다.

청우는 참았다.

폭발하려는 제자들의 움직임도 막았다.

하지만 어쩌면 가장 중요한, 폭풍의 핵이라고 할 수 있는 한 사람의 행동을 미처 막지 못했다.

"그 말 책임질 수 있나?"

분노로 가득 찬 음성의 주인은 다름 아닌 유대웅이었다.

"사제!"

인파 속에서 유대웅의 모습을 확인한 청우가 깜짝 놀라 외쳤다.

유대웅이 편휴를 향해 천천히 걸어왔다.

그렇잖아도 커다란 덩치에 청우를 조롱한 편휴의 언행에 분노를 느끼다 보니 뿜어져 나오는 위압감이 엄청났다.

유대웅을 확인한 원진 도장 등의 안색이 확 펴졌다.

과거, 화산파에 처음 도착했을 때 정무맹의 노사들을 무참히 박살 내던 전력을 감안하면 무조건 참고 인내하는 청우와는 달리 유대웅은 필요하다면 확실히 응징을 하는 인물이었다.

"채, 책임? 당연히. 난 사실을 말하는 것뿐이다."

말은 그리하면서도 편휴는 긴장하는 표정이 역력했다.

얼마 전 비교적 어린 나이에 혈사림의 사십사군에 속할 정도로 뛰어난 실력을 지녔기에 그는 다른 누구보다 유대웅의 힘을 느끼고 있었다.

"혈랑이라고 했던가?"

"그, 그렇다."

"사십사군?"

"무슨 수작이냐?"

더 이상 기세에 눌려선 안 된다고 판단한 편휴가 버럭 소리를 질렀다.

틈이 생기면 당장에라도 공격을 하겠다는 듯 전신에서 무시무시한 살기를 뿜어냈다.

유대웅은 그런 편휴의 행동에 아랑곳하지 않고 비릿한 미소와 함께 한마디를 내뱉었다.

"혈사림도 다됐군. 너 같은 떨거지 같은 놈이 사십사군이라니."

방금 전 편휴가 청우에게 했던 말을 그대로 돌려준 것이었다.

편휴의 얼굴이 딱딱하게 굳었다.

반대로 화산파 제자들의 얼굴이 환하게 빛났다.

덕진 도장은 자신도 모르게 힘껏 발을 굴렀다.

"떨… 거지? 지금 나보고 떨거지라 한 것이냐?"

편휴가 이글거리는 눈빛으로 물었다.

그토록 소란스러웠던 주위에 갑작스런 적막이 찾아왔다.

모두의 시선이 분노로 어쩔 줄을 몰라 하는 편휴에게 향했다.

세간에 알려진 대로라면 혈랑은 이런 식의 모욕을 절대 참을 인물이 아니었다.

애당초 이런 모욕을 당한다는 것 자체가 있을 수 없는 일이었다.

혈사림의 사십사군에게 그와 같은 언사를 쓸 수 있는 사람은 감히 존재하지 않을 테니까.

"죽여 버리겠다."

사람들의 예상대로 편휴는 참지 않았다.

혈랑이라는 그의 별호 그대로 피 냄새 풀풀 풍기는 야성을 드러내며 검을 뽑았다.

폭풍과도 같은 살기가 사위를 휩쓸었다.

단순히 기운을 일으켰을 뿐인데도 그 힘을 감당하지 못한 몇몇 사람들이 자리에 주저앉아 피를 토했다.

"대, 대장님."

추명이 힘겨운 표정으로 이관을 불렀다.

"괜찮아?"

추명이 고개를 흔들며 말했다.

"마, 막아야 하지 않겠습니까?"

이관이 어이없다는 표정으로 편휴의 검에 일렁이는 혈광을 가리켰다.

"무슨 능력으로 저걸 막아?"

"……"

"윗선에 상황을 알렸으니 곧 무슨 조치가 있을 거다. 우린 그때까지 모른 척하면 돼. 어차피 지금 상황은 우리의 힘을 벗어났어."

이관은 황당해하는 추명을 뒤로하고 얼른 고개를 돌렸다.

그 역시 한 사람의 무인으로서 지금 눈앞에서 펼쳐질 대결을 놓치고 싶은 마음이 없었다.

"타핫!"

힘찬 기합성과 함께 편휴의 몸이 허공으로 도약했다.

그가 유대웅을 향해 일직선으로 검을 내려찍자 검끝에서 일렁이는 혈광이 검신을 뒤덮으며 짓쳐 들었다.

유대웅이 건청기공을 운용하기가 무섭게 일어난 호신강기가 그의 전신을 부드럽게 에워쌌다.

유대웅은 편휴의 공격을 회피하지 않았다.

유대웅이 미간을 노리며 날아드는 혈광을 향해 초천검을 휘둘렀다.

꽈광!!

거대한 폭음과 함께 호기롭게 공격했던 편휴의 신형이 한참이나 밀려 나갔다.

검을 뒤덮었던 혈광은 어느새 사라진 상태.

편휴는 자신이 검이 이토록 무력하게 튕겨져 나갈 줄은 상상도 하지 못했다는 듯 단 한 번의 충돌로 인해 떨림이 멈추지 않는 검과 천천히 접근해오는 유대웅을 번갈아 바라보았다.

"그게 최선이라면 실망인데. 화산파를 욕보이려면 최소한 그만한 실력은 지녔다고 생각했는데 말이지."

"닥쳐랏!"

편휴가 그대로 검을 찔러왔다.

유대웅은 비스듬히 몸을 피하며 검을 후려쳤다.

그 힘이 어찌나 강력한지 편휴가 들고 있던 검이 그대로 부러져 나갔다.

편휴의 눈이 경악으로 물들었다.

천하의 명검은 아닐지라도 이토록 쉽게 부러질 검이 아니었다.

지금껏 수없이 많은 싸움을 벌여왔지만 단 한 번도 흠집이 나지 않던 검이 일격에 두 동강이 나 버리자 도저히 믿을 수가 없었다.

유대웅이 땅에 떨어진 검편을 발로 툭 차며 실망스런 표정을 지으며 편휴를 향해 초천검을 겨눴다.

"한심하군. 고작 이 정도의 실력으로!"

유대웅이 힘차게 발을 굴렀다.

쿵!

땅이 움푹 파이면서 거대한 진동이 주변을 흔들었다.

"화산을 무시하려 한 것이냐!"

유대웅의 입에서 노호성이 터지며 무시무시한 기세가 편휴를 향해 쏟아졌다.

"컥!"

편휴가 몸을 휘청거리면서 입에서 붉은 피를 토해냈다.

말 그대로 의형상인의 경지.

편휴는 전신을 옥죄어 오는 유대웅의 칼날 같은 기세에 필사적으로 대항했지만 그러면 그럴수록 그의 몸을 짓누르는 압력은 커져만 갔다.

"사흘 앞으로 다가왔군. 이거 조금 긴장되는데."

말을 그리하면서도 한호는 전혀 긴장된 표정이 아니었다. 오히려 사흘이란 시간이 남은 것을 조금 지루해하는 모습이었다.

"현재 얼마나 모였지?"

한호가 보고를 하기 위해 서류 꾸러미를 잔뜩 준비해 온 모진에게 물었다.

"초청장을 받은 문파와 세가, 무림 명숙들의 칠 할 정도가 도착했습니다. 오늘 내일 중으로 나머지 인원이 도착할 것 같습니다."

"정무맹의 맹주가 오늘 아침 도착했다는 말은 들었다. 혈사림이나 마황성에선 아직 소식이 없는 건가?"

"출발했다는 것은 확인되었으니 곧 도착하리라 봅니다."

"그 외에는?"

"무림에서 이름깨나 있다는 문파나 세가들은 거의 모였습니다. 직접 초청을 받은 것이 아니기에 장으로 들이는 인원은 가급적 제한을 하고 있습니다만 그 수가 벌써 이천을 넘었습니다."

"휘유~ 많기도 하군."

한호가 휘파람을 불었다.

매일같이 보고를 받고 있기에 대부분의 내용을 파악하고 있었으나 다시 들어도 놀라운 인원이었다.

"장으로 들어서지 못하고 주변으로 흩어진 인원도 그 이상은 됩니다."

"쯧쯧, 뭘 얻어먹겠다고 이렇게 개떼처럼 몰려들었는지. 우리야 좋지만 이건 너무 심하군요. 그렇지 않습니까, 사부?"

한호가 탁자에 앉자 심각한 표정으로 지도를 들여다보고 있는 소숙에게 물었다.

소숙은 한호의 말을 듣지 못한 듯 여전히 지도에 집중하고 있었다.

너털웃음을 지은 한호가 소숙의 곁으로 다가갔다.

인기척에 놀란 소숙이 고개를 슬쩍 돌렸다.

"무슨 고민이 그리도 깊습니까, 사부? 몇 번을 불러도 모르실 정도로요."

"저를 부르셨습니까?"

"예."

"무슨 일로 부르신 겁니까?"

"별일 아닙니다."

소숙이 굽혔던 허리를 곧게 펴고 묻자 한호가 어색하게 웃으며 말을 돌렸다.

피곤한 기색이 역력한 소숙의 얼굴을 보자 농담이나 하고 있을 때가 아니란 생각이 들었기 때문이었다.

"아직도 최종적인 계획이 끝나지 않은 것입니까? 지금쯤이면 병력을 이동시킬 준비를 해야 맞는 것 같은데요."

한호가 소숙이 바라보던 지도로 시선을 돌리며 물었다.

"준비는 끝났지요. 그렇잖아도 보고를 드리려 했습니다."

"그래요? 잘됐군요."

한호가 소숙의 맞은편 자리를 차지하고 앉자 소숙이 모진에게 말했다.

"너도 앉아라. 병력을 원활하게 이동시키고 배치하려면 네가 해야 할 일이 많다."

"예, 군사님."

모진은 소숙이 권한 의자에 앉지 않고 그대로 서 있었다. 단지 조금 더 가까이 접근했을 뿐이다. 소숙은 그런 모진을 힐끗 바라만 볼 뿐 별다른 말을 하지는 않았다.

"작전 개시일은 정확히 팔 일 후, 개파대전의 마지막 날이자 천룡쟁투의 결승전이 벌어지는 날로 잡았습니다."

"좋군요. 모든 이의 이목이 이곳으로 쏠려 있을 때니까요."

"가장 먼저 쓰러뜨려야 할 곳은 바로 이곳입니다."

소숙이 가리킨 지도 위엔 소림이라 쓰인 작은 깃발이 세워져 있었다.

"소림이군요."

"예, 정파 무림의 상징과도 같은 곳이지요. 일단 적당한 선에서 봉문을 시키는 쪽으로 가닥을 잡았습니다."

"꼭 그렇게 해야 합니까?"

한호가 마음에 들지 않는다는 표정으로 말을 이었다.

"봉문을 한다고 해도 소림은 장차 그 어떤 문파보다 큰 문제를 야기할 수 있습니다."

소숙이 한숨을 내쉬며 말했다.

"그걸 어찌 모르겠습니까? 이 사부 역시 모조리 쓸어버렸으면 좋겠습니다만 관부와 깊숙이 연관되어 있어 지금 당장은 건드릴 수가 없습니다. 지금은 봉문 정도의 수준이 최선입니다."

"솔직히 관부의 눈치를 보는 것 자체가 마음에 들지 않습니다."

"그래도 안 됩니다. 무림을 장악하지 못한 상황에서 관부와 척을 지면 대계 자체가 실패로 돌아갈 수 있습니다. 관부와 척을 지는 것은 우리가 무림을 일통한 후에도 늦지 않습니다."

정색하며 고개를 흔드는 소숙의 반응에 한호도 한발 물러설 수밖에 없었다.

"그렇게까지 말씀하신다면 어쩔 수 없군요. 알겠습니다."

한호가 수긍을 하는 듯 보이자 소숙이 소림사 바로 옆에 서 있는 깃발을 쓰러뜨렸다.

"개방도 소림사와 마찬가지로 우선적으로 쓸어버려야 하는 곳입니다."

"정보력을 마비시키겠다는 의도군요."

"그렇습니다."

"그런데 가능할까요? 정무맹 자체가 지닌 정보력도 꽤 대단하다고 들었는데요."

"물론 투밀원도 오랜 세월 동안 축적된 경험을 바탕으로 만만치 않은 정보력을 지니고는 있으나 개방에 비할 바는 아닙니다. 게다가 그 정보력 또한 상당부분은 개방에 의해 이루어지는 것이고요. 개방의 정보력을 확실하게 마비시키는 것만으로도 이미 절반의 승리를 얻은 것이나 다름없습니다."

"듣기 좋은 소리군요."

벌떡 일어난 한호가 방금 전까지 마시던 술병을 들고 왔다.

"그래도 초반 기선을 제압하기 위해선 당연히 정무맹을 쳐야 할 텐데 말이지요."

"그렇습니다. 소림사가 정파 무림의 상징이라면 정무맹은 실질적인 힘이 모인 곳입니다. 철저하게 무너뜨려야 하는 곳이지요."

소숙이 정무맹이 위치한 자리의 깃발을 그대로 부러뜨렸다.

"공격 개시가 시작되기 전, 정무맹 주변으로 흑랑회 소속 낭인 이천이 모일 것입니다."

"흑랑회 단독으로 움직이는 것은 아니겠지요? 그들의 힘을 무시하는 것은 아니나 그래도 정무맹입니다."

한호가 다소 걱정스런 눈빛으로 물었다.

"뇌화문이 함께 움직일 것입니다. 그리고 천검이 갑니다."

"천검이요?"

한호가 깜짝 놀라 되물었다.

"예."

"바로 노출시켜도 되는 것입니까?"

"어차피 알게 되어 있습니다. 이번 기회에 제대로 된 공포를 심어 주어야지요."

"쯧쯧, 정무맹이 불쌍해지는군요."

천검이 간다는 것은 그의 직속이라 할 수 있는 멸혼대와 함께 불사완구가 움직인다는 말이었다.

불사완구의 위력을 직접 확인해 본 한호는 언제 걱정을 했느냐는 듯 오히려 정무맹을 동정하고 있었다.

"그런데 천검은 어디에 있는 겁니까? 요즘은 아예 보이지 않습니다. 벌써 정무맹으로 떠난 것은 아닐 테고요."

한호의 물음에 모진이 얼른 대답했다.

"불사완구들에게 제대로 된 무공을 가르치는 것으로 알고 있습니다. 이전에 해사방에서 익힌 무공은 영 쓸모가 없다면서요."

"무공을? 아, 학습 능력이 있다고 했지."

"그렇습니다. 습득하는 것이 다소 늦기는 해도 그동안 꽤나 발전한 모양입니다."

"무공까지 익힌 불사완구라. 기대가 되는군. 모진."

"예, 장주님."

"천검에게 정무맹으로 떠나기 전 들르라고 해. 얼마나 강해졌는지 보고 싶으니까."

"그리 전하겠습니다."

둘의 대화를 잠시 지켜보던 소숙의 시선이 다시금 지도로 향했다.

"계속하겠습니다. 오대세가의 일원이자 지난번 사사천교와의 싸움에서 큰 피해를 입었으나 결코 무시해서는 안 되는 하북팽가와 황보세가는 구룡상회가 상대하게 될 것입니다."

"구룡상회만으로 가능하겠습니까?"

"가능합니다. 장주께서도 아시다시피 역천을 꿈꾸던 동천명이 그동안 꽤나 튼실하게 힘을 모았습니다. 비록 돈으로 사들인 힘이나……."

"각주님, 해우입니다."

소숙의 설명이 밖에서 들려온 소리로 인해 잠시 멈춰졌다.

"무슨 일이냐?"

소숙의 심기가 불편한 것을 확인한 모진이 황급히 문밖으로 달려가며 물었다.

"문제가 생겼습니다."

"문제? 대체 무슨 문제가 생겼기에 네가 이곳까지 와?"

모진이 잔뜩 인상을 찌푸리자 해우가 어쩔 줄을 몰라 하며 대답했다.

"정문에서 싸움이 벌어지고 있다고 합니다."

"싸움? 겨우 그런 보고를 하려고……."

모진이 눈에 쌍심지를 켜고 해우를 노려보았다.

개파대전을 보기 위해 군웅들이 몰리면서 벌써 수십 건의 크고 작은 싸움이 있지 않았던가.

하지만 그 정도 일은 모두 적당한 선에서 처리가 될 일이었고 지금처럼 장주가 계신 곳으로 달려올 사안은 결코 아니었다.

"가만있어 봐라. 저 아이가 이렇듯 당황하여 달려온 데에는 그만한 이유가 있을 것 같구나. 이리 와서 정확히 얘기를 해 보거라. 대체 누가, 어떤 싸움을 하고 있기에 그렇듯 당황한 얼굴이더냐?"

소숙의 부름에 냉큼 달려와 엎드린 해우가 떨리는 음성으로 설명을 시작했다.

"화, 화산파와 혈사림이……."

순간, 소숙의 안색이 확 변했다.

"혈사림이 도착했단 말이냐?"

"예, 선발대로 확인이 되었습니다."

"그들과 화산파가 충돌하고 있고?"

"예."

"선발대라고 하더라도 화산파가 혈사림을 감당할 수는 없을 텐데. 혹여 정무맹이 이 일에 나선 것이더냐?"

"아닙니다. 화산파 단독으로 혈사림과 충돌하고 있습니다."

이해할 수 없다는 표정으로 고개를 흔드는 소숙과는 달리 한호는 뭔가 짚이는 것이 있는 모양이었다.

"혹 그녀석이 나선 것이냐?"

"누구를 말씀하시는 것이지요?"

한호의 물음을 이해하지 못한 해우가 조심스레 되물었다.

"청풍이 움직였냐고 묻는 것이다."

"그렇습니다. 원래 시작은 그가 아니었지만……."

해우가 설명을 이어가려 했지만 한호는 들을 생각이 없었다.

"그럴 줄 알았다. 뭐, 화산검선의 제자라면 그 정도 배짱은 있어야겠지. 능력은 이미 어느 정도 증명이 되었고."

유대웅이 혈사림과 맞서고 있다는 말을 들은 한호는 웬일인지 기분이 좋아보였다.

"그나저나 혈사림이 도착했군. 선발대라면 본진도 거의 도착을 했겠구나."

"지금쯤이면 정문에 도착을 했을 것입니다."

"그래, 혈사림에선 누가 왔다더냐? 삼태상 중 하나이려나? 아니면 혈영노괴?"

한호는 별 의미 없이 질문을 던졌지만 정작 해우의 입에선 엄청난 대답이 흘러나왔다.

"혀, 혈사림주가 직접 온 것 같습니다."

웃음 띤 얼굴로 막 술잔을 들던 한호의 움직임이 그대로 멈췄다.

소숙과 모진 또한 경악한 눈으로 해우를 응시했다.

"정녕 혈사림주가 왔단 말이냐?"

한호가 힘이 잔뜩 실린 음성으로 물었다.

"정확히 확인되지는 않았습니다만 가능성이 매우 높습니다."

"설마하니 지금 청풍과 혈사림주가 싸우고 있는 것은 아니겠지?"

"거, 거기까지 진행되었는지는 모르겠습니다."

"하면 조금 전 청풍가 싸운다는 놈은 누구냐?"

"보고에 의하면 청풍과 싸움을 벌인 인물은 혈랑이라는 자였습니다."

한호가 모진을 향해 고개를 홱 돌렸다.

모진의 입에서 반사적으로 대답이 흘러나왔다.

"혈랑이라면 근래에 사십사군의 지위에 오른 자입니다. 잔인한 성정만큼이나 실력 또한 뛰어나 꽤나 기대를 받는다고 알려졌습니다."

한호가 자리에서 벌떡 일어났다.

"장주."

소숙이 방문을 뛰쳐나가려는 한호를 불러 세웠다.

"다른 사람도 아니고 화산검선의 제자와 혈사림주입니다. 상황이 어떻게 진행될지는 몰라도 아무튼 이 좋은 구경을 놓칠 수야 없지요."

그대로 몸을 돌려 달려가는 한호.

소숙은 즐거운 장난감을 발견한 어린아이처럼 환하게 웃으며 달려가는 한호를 차마 잡지 못했다.

편휴가 유대웅의 기세에 밀려 연신 피를 토하고 있을 때 현 개방의 방주 천목개(千目丐)와 그의 사백이자 개방이 가장 큰 어른인 삼불신개가 군웅들 사이에서 둘의 싸움을 흥미롭게 지켜보고 있었다.

"설마 죽이려는 것은 아니겠지요?"

헝클어진 반백의 머리카락을 아무렇게나 묶고 손잡이가 기묘하게 생긴 지팡이를 들고 있는 천목개가 비슷한 차림을 하고 있는 삼불신개에게 물었다.

"글쎄다. 잘 모르겠다. 저놈도 성질이 지랄 맞아서 어디로 튈지 모르거든. 화산이 모욕을 당했으니 적당히 넘어가진 않을 거다. 주둥이를 쫙 찢어놓으려나."

"설마요."

"능히 그러고도 남을 놈이라니까."

"어제 인사를 했을 땐 그렇게 보이지 않던데요. 요즘 젊은

이 같지 않고 상당히 점잖은 모습이었습니다."

천목개가 여전히 믿기지 않는다는 표정으로 고개를 갸웃거렸다.

"쯧쯧, 그런 동태 눈깔을 지니고 있으니 네놈이 역대 개방 방주 중에 가장 눈치 없고 멍청하다는 소리를 듣는 게야. 천목이란 이름을 버리든가. 천개의 눈은 무슨 얼어 죽을."

'그건 오직 사백께만 듣는 말입니다.'

현 개방 방주 천목개가 불만 어린 눈빛을 보이자 삼불신개의 눈꼬리가 확 치켜 올라갔다.

"그 수상한 눈빛은 뭐냐?"

"아, 아닙니다."

천목개가 기겁을 하며 고개를 흔들었다.

천하 정보를 한손에 쥐고 흔든다는 개방 방주의 모습 치고는 너무도 초라한 모습이었지만 상대가 삼불신개였기에 어쩔 수가 없었다.

수틀리면 장소 불문, 언제 어느 순간에라도 타구봉을 휘두를 수 있는 사람이 바로 삼불신개였다.

이미 수없이 매타작을 당한 천목개는 이 많은 사람 앞에서 그와 같은 망신을 당하고 싶은 마음이 눈곱만큼도 없었다.

"너무 걱정하지 마라. 녀석에게 적당히 하라고 말을 해두었으니 말이다."

삼불신개가 유대웅에게 시선을 돌리며 말했다.

"예? 언제 그런 말씀을 하셨습니까?"

천목개가 눈을 휘둥그레 뜨며 물었다.

"녀석이 화를 참지 못하고 씩씩거릴 때부터. 혈랑이라는 놈이 혈사림의 사십사군이라는 것도 알려줬지."

"조금 이상하기는 했습니다. 혈랑이 사십사군이 된 것은 채 얼마 되지 않은 일이라 아는 사람이 거의 없었는데 저 친구가 그걸 알고 있어서 말이지요."

"그러니까 네놈보고 눈치가 없다는 것이다. 바로 옆에서 전음을 보내도 전혀 눈치를 채지 못하니 말이다."

삼불신개의 핀잔에 천목개가 입을 댓 발이나 내밀었다.

'점쟁이도 아니고 제가 사백의 전음을 무슨 수로 눈치챈단 말입니까?'

목이 터져라 외치고 싶었지만 목소리는 입 밖으로 흘러나오지 않았다.

그사이 유대웅은 너무하다 싶을 정도로 무지막지하게 편휴를 압박하고 있었다.

유대웅은 압도적인 기세로 편휴의 움직임을 옭아맨 후, 그의 정수리를 향해 초천검을 내려쳤다.

편휴가 간신히 팔을 들어 초천검을 막아냈다.

"커흑!"

편휴의 입에서 고통스런 신음이 흘러나왔다.

힘없이 무너지는 한쪽 다리와 일그러진 얼굴, 부러진 검으로 힘겹게 초천검을 막고 있는 편휴의 모습은 너무도 처참했다.

얼마나 많은 피를 토해냈는지 옷은 물론이고 땅바닥까지 붉게 물들어 있었다.

좌중은 두려움과 경의가 담긴 눈으로 유대웅을 보고 있었다.

혈랑이라는 고수를 삼류무사로 전락시켜 버릴 만큼 막강한 실력에 혈사림이라는 이름에도 전혀 굴하지 않는 대담성.

그들 모두는 화산파가 괜히 화산파가 아님을 다시 한 번 뼈저리게 느끼고 있었다.

특히 편휴에 앞서 화산파를 모욕했던 이들은 행여나 불똥이 자신에게까지 튈까 전전긍긍하는 모습이었다. 몇몇은 이미 꽁무니를 뺀 상태였다.

금방이라도 숨이 끊어질듯 힘들어 하는 편휴를 보면서도 유대웅은 안색 하나 변하지 않고 지그시 검을 눌렀다.

초천검의 움직임을 막기 위해 편휴는 전신의 모든 힘을 동원해야 했으나 도저히 막을 수가 없었다.

주루룩.

편휴의 얼굴로 핏줄기가 흘러내렸다.

마침내 초천검이 그의 정수리를 파고든 것이다.

"으아아아아!"

편휴의 입에서 스스로에 대한 분노, 수치심은 물론이고 죽음에 대한 공포가 어우러진 외침이 터져 나왔다.

편휴의 처절한 외침에 둘의 싸움을 지켜보던 이들은 감히 숨조차 쉬지 못했다.

마치 자신의 머리가 깨지는 듯한 착각에 전율하는 자들도 부지기수였다.

무심한 눈빛으로 몰아붙이던 유대웅은 독기로 번들거리던 편휴의 눈에서 체념의 빛이 떠오르는 것을 확인하고 초천검에 실렸던 압력을 거둬들였다.

삼불신개의 당부도 있었고 애당초 목숨을 거둘 생각이 없었기에 이만하면 화산파와 사형을 모욕한 죄는 충분히 받았다고 생각한 것이다.

하지만 바로 그 순간, 유대웅은 자신을 향해 다가오는 거대한 힘을 느끼곤 튕기듯 물러났다.

모든 이가 갑작스런 유대웅의 행동에 놀라고 있을 때 허탈한 표정으로 무릎을 꿇고 있는 편휴를 향해 한 노인이 접근했다.

머리에서 발끝까지 온통 붉은 빛의 노인.

얼굴은 세파에 찌든 촌로의 것과 다르지 않았지만 그의 전신에서 풍기는 묘한 기운은 노인이 결코 예사로운 인물이 아님을 모두에게 느끼게 해주었다.

노인 뒤로 오십에 가까운 인원이 따르고 있었는데 그들은 온갖 보석과 황금으로 치장한 마차를 중심으로 보호하듯 진형을 구축하며 이동했다.

"혀, 혈사림이다!"

누군가의 입에서 경악에 찬 외침이 터져 나왔다.

유대웅과 편휴의 상황에 집중하고 있다가 비로소 그들을 의식한 군웅들이 웅성거리기 시작했다.

"혀, 혈영노괴입니다."

천목개가 놀란 눈으로 말했다.

"그러게. 저 노괴가 이곳까지 왔다면……."

삼불신개의 눈이 황금마차로 향했다.

"설마하니 혈사림주가 왔다는 것인가? 그런 말은 들은 적이 없는 것 같은데."

삼불신개의 음성에 가시가 돋쳤다는 느낌을 받은 천목개가 당황한 빛으로 대답했다.

"혀, 혈사림주가 직접 움직였다는 정보는 없었습니다."

"정보가 없었던 것이 아니라 제대로 파악을 하지 못한 것이겠지. 한심한."

천목개는 삼불신개의 호통을 들으며 정신이 아득했다.

변명할 여지가 없었다.

삼불신개의 말대로 천무장의 개파대전에 혈사림주가 직접 참석을 했고 이를 전혀 눈치채지 못했다면 천하제일의 정보력을 자랑하는 개방으로선 용납할 수 없는 일이기 때문이었다.

삼불신개는 황금마차를 향해 미세한 기를 발출했다.

어지간한 고수라면 눈치채지도 못할 미세가 기운이었다.

천목개는 삼불신개가 황금마차의 주인을 확인하고 있음을 직감했다.

천목개는 간절한 눈빛으로 황금마차를 바라보았다.

삼불신개의 분노로 시작할 후폭풍이 너무도 두려웠던 천목개는 마차에 탄 사람이 제발 혈사림주가 아니길 빌고 또 빌었다.

황금마차에서 별다른 반응이 없자 내심 안도의 한숨을 쉬려는 찰나, 창문에 달린 주렴이 살짝 걷어졌다.

'제, 젠장할! 망했다.'

천목개가 참담한 얼굴로 고개를 숙였다.

정확히 누군지 얼굴을 파악하지는 못했으나 천목개 역시 개방을 대표하는 고수로서 굳이 눈으로 확인을 하지 않아도 서서히 존재감을 드러내는 혈사림주의 기운을 느낄 수가 있었다.

황금마차의 문이 열리고 모든 이의 시선을 한눈에 받으며 마차만큼이나 화려한 곤룡포를 걸친 중년 사내가 모습을 드러냈다.

자신에게 쏟아지는 수많은 시선을 만끽하듯 천천히 고개를 돌리던 그의 시선이 어느 한 곳에서 딱 멈췄다.

"하하하! 난 또 누구라고. 오랜만이외다, 삼불 영감."

마침내 정무맹에 도착한 혈사림주 능위가 오연한 자세로 삼불신개를, 군웅들을 바라보았다.

『장강삼협』 12권에 계속…

알케미스트

총수의 귀환
FUSION FANTASTIC STORY
텀블러 장편 소설